民国女作家
小说典藏文库
MINGUONVZUOJIA
XIAOSHUODIANCANGWENKU

民国女作家小说典藏文库

生人妻

罗淑 著

中国文史出版社

目录

译　文

罗淑亲友追忆文章

小　说

生　人　妻

一

靠近沱江上游的西岸，重叠的山峰围绕着一个盆形的山坳，只要不是落雨天，从早就有人和牲畜从那些小屋里钻出来，在山上山下活动着，但他们的形影往往容易被过多的林木遮掩住，使人会疑心到这是一个无人的境地。到晚上，一片轻淡的、山里常有的薄雾笼罩着隐藏在幽暗的树林里的几点灯火，残萤似的，加增了凄寂的浓度。

这时候，左边山腰上，山茅和乱石中间孤零零地蹲着的那间矮屋，却破例地没有点灯。他们，屋里的一男一女，像受了极大的重压，不言语，也不动弹，静悄悄地陷在这死一样的岑寂里。

这是一对卖草的夫妇，但这职业是从他们搬到这间屋子来时才开始的。房屋只有一间，原不是他们的产业，当他们出脱了原有的几亩地和一幢平房时，一个邻人正要把这房屋拆了搬往别处去，于是他们哀求道："我们没得窠场，把你那间偏屋留下给我们住，送你这两只羊，我们只有这两只羊。”

两只羊换来的和在收获的季节用来看守庄稼的“搭棚”相似的偏屋，阴森而黑暗，土墙上已有不少裂缝，挨近地面的墙根更布满了浓淡不匀的青苔。但是他们却很满意，有了它，他们才能够在对于他们虽觉贫瘠，但是又离不开的乡土上安居下来，漂泊的“异乡人”的生活是多可怕呀！

两把弯月似的镰刀锋利而有力：每天，他们弯了腰，低了头，默默地四处找寻着可以割刈的嫩绿的草；有时因为要缓缓气，伸直了腰杆，一块儿躺在山脚下，方整的麦田就摆在他们的眼里，那原是他们的产业，那长着绿油油的麦苗的田！于是四只眼睛对望一会子，又默默地各背过身，默默地低下头，刈着嫩绿的草。等到一担装满了，男的独自挑着向邻村走去。

嘈杂的鸟雀在晚林噪闹。金色的阳光从屋后茂密的松柏梢上费力地筛下几点，装饰了蜿蜒在林里的一条小路。男的挑着轻飘的箩筐迂缓地走了回家，这时箩筐里装的是从镇上买来的一点点米粒，或一罐油、一包盐。

过去生活的回忆所给予的懊丧，逐渐由“哪儿打鱼哪儿晒网”的希望消灭了，他们仍然是勤恳而又勇敢地生活着，像两匹极度饥饿的兽，明明感到自己的疲乏，却不能不因为落到眼里的食物而努力挣扎着，哪怕食物不定会落到他们的口里。

坳里不知从什么地方又走来了一些陌生的面孔，而且随时随地都可以碰着，看样子，他们好像是来搜寻什么的。这一片本是空旷的山坳，好像一只已经装满不能再多加一滴水的小盆，有新的渗进来，就得有旧的流出去，而流出去的正是和这对夫妇同一命运的乡邻。从这时起，连邻村也有了变化，男的一个挑了草，走到一些老主顾的门口时，再也看不见以前笑吟吟的脸，先是一声叹气，过后就对他说：“用不到你的草了，伙计！另走一家试试看！”

他另走一家，这一家又说：“老实说，牲口养不起了，只要得着一点儿草，小崽子老早自己割去啦！”

失望啮伤了他，他紧咬着嘴唇，默默地望着一担又洁净又新鲜的青草出神。好几次，他走遍他所能走的人家，减低不能再减的价钱，结果他依旧原封不动地担了草回去。现在堆在土灶旁边的一大堆，正是逐日堆积上去已经失掉鲜碧颜色的枯草！

也许是看见他的苦恼起了同情，无论对于什么事情都热心的九叔公，一天含了支旱烟管，颤巍巍地向他走来，叹息一回之后，对他说道：“打个主意哟，年轻人，日子不是挨就挨得过的，麻绳子偏往细处断，喊声[1]有个病痛呢？……你两个安心眼对眼地看着饿死吗？依我说，放她一条生路去，你那个媳妇儿！骨头还硬铮铮的，怕什么，只要你舍得多跑烂几双水巴茅[2]。”

这些话像石子样地横亘在他心里，他不时阴沉了脸，坐在树荫下，手摸着腿肚子想心事。但生活的环境老早就替他筑下一道坚牢的围墙，想来想去怎么也绕不开它这圈子，有时在无意中，他内在的目光偶然也会瞅到一丝丝罅隙、一点儿漏洞，然而一瞥即逝，他始终离不开摆在他当前的一切。这里的山是蕴蓄着不少富源的山，有坚实油滑的可以换大量金钱的青石，有成林的笔直的大树，但对于他们却是怎样的枯竭呢！他们只有希望那不费什么、伸手就可以

---

① 意为倘使、万一。

② 草鞋。

拾得的像野草一类的东西。以前无人过问，只要谁高兴一躬腰就可以大捧拾得的青杠实[1]，现在不止一家去捡；地衣[2]嘛，又要到秋深草烂的时节才有……于是他再往近处想，终于他的想头只落在他妻子的身上。

“卖掉她去——落得大家一干二净!”

忽然一个黝黑瓜子脸的女人站在他面前，指着手里的提篮对他说道:“对啦！三爷爷不在家，三婆婆偷偷借了我六斤红苕，说明儿纳两双鞋底还账。”她一眼看见地上蠕动的黑色小动物:“哟，蚂蚁子那么多，你尽栽在这儿……回家吃饭去!”

见他不理睬，她软软地提着篮子走开了。

内疚像毒虫的口，在他心上恶狠狠地叮了一下。“人家未必不是靠了十根爪子扒饭进口的呀?”他想，他更没了主意，头于是垂得更低了。

在这迟疑难决的心境之下，他改变了他原是沉默忠厚的性格，他成天地睁着布满红丝的眼，寻事吵闹，只要谁触到他，就惹起他的恼怒，他的妻子更是他发泄的对象。

“哎呀！该死!”她失手把一碗煮好的玉米糊泼倒了，赶忙自己抱怨说。话没完，一块灶砖向她脑顶门飞来，她本能地躲闪开了，来不及愤怒，她就发现她丈夫的异常样子，反而惊慌失措地喊道:“你怎么啦？我的老子！一点儿小事，值得光火……这一顿饭不吃也算不得什么的呀!”

---

① 青杠树的籽，用石磨磨出浆可以做成类似豆腐的东西，味道有点儿涩口。

② 别称地皮菜，是藻类和真菌共生的复合体。

"光火！光火！看见你，老子就气大……有你这瘟丧，老子没得好日子过……"男的愈加暴怒了，咆哮着说。

"什么?"女的也跳起来，"你成天青风黑脸，原是怪我拖累你?哼！这样日子，我真也熬不下来……什么了不起!"一扭身，她坐在一段权当凳用的木桩上，双手抱住膝头，就不再作声了。

紧紧抓住最后一句话，再加她那冷然的神气，同时一种男性的骄傲心和无端的妒意鼓动了他，他铁青着脸，颤声地说："娘哟！我明白，我明白！——'壶中无酒难留客'，你老早生心哪！你看不起我!"他狞笑一声说："好!"就掉转身子，头也不回地走了。

他去找九叔公。

九叔公站在田塍上，向他点头微笑着说："是个主意！事情包在我身上。"

两天过后，他走来悄声地说："对了！……就是山那边，胡家堰塘胡大，本乡本土人，自田自地人家，四十多岁，没要过烧锅匠，弟兄两个，人口怪轻松的。"他伸出三个指拇："这个数目。"

哦！胡大！那个惯在场口上找人喝酒，自己一毛不拔，谁提起都要吐口唾沫的瘦鬼。他？如今来提他的妻子？羞愤和屈辱压低了他的头，他没有吐出任何一个字，就转身走开。

九叔公惊异地望着他，莫名其妙地尽抓头皮，但看看他要走远了，觉得不能不问他一句话："叫我怎样给人家回话啊?"

"……"

"真是和你这人打不得交道!"九叔公显出十分不高兴。

他又把脚步停下了，略为踌躇一下之后，他说："好！算事！怎么都行。"回答得干脆而坚决。

九叔公更加奇怪了，一直盯着他，直到看不见他的背影。

二

夜色愈是浓厚了，一股蚕豆花香的风夹带点儿松柏和泥土的气味四野荡漾着，土灶旁边的草不时发出细碎的声音。

两个人什么也感觉不到，静悄悄的。

陡然，一个凄厉而急促的怪声从屋后林子里发出来。是猫头鹰！是终年哭丧似的不吉利的猫头鹰呀！两张憔悴的脸孔立地抬了起来，无意间在黑暗中打一个照面，两人心下都有种不言而喻的慌张。

“呸！”男的重重吐了口唾沫，“去你个三十三！”

女的半睁着眼，迷茫地女巫似的喃喃咒道：“号东号西，号你自己，林盘是你大坟地！”

像记起了什么事，男的走到门外探望一回，就依旧走回来。他的嘴唇不住地掣动，似乎要说话，但又终究没有说得出，几次之后，他对女的道：“事到如今，人家哪肯打了空轿子回去？说不来的事，唉！”

“哎哟喂！好听啊！”女的立直了身子指着男的骂道，“你好人！你狼心狗肺……你全不要良心的呀……”她浑身打战，喘着气，她的身子又沉重地落在那段树桩上了。

话重重地抛来，一字不遗地嵌进他的心，使他没法躲闪，也不能反攻，他睁大了两眼，直瞪瞪地看着在他对面的人，也许他是打算着要怎样分辩、解说，然而舌头像结了冰，急忙中灵转不得，他急得连连跺脚，同时迸出他在无论什么情境中都说的两个字：“娘哟!”他就背过身子，呆呆地看着“牛肋巴”窗外的模糊的田野。

女的木然看住他的背影：背是高大的，但已经微微弯曲了。出其不意，一个爆炸似的吼声在她耳边震动起来。

“我，我未必不是娘养的！我犯了什么王法？我该受这活罪？横顺是一样，我两个今天来把账算清楚……来！来!”

认作他又要动手了，女的赶紧站起，拖着腿就往外走。

男的赶上去，倾斜了身子喊道：“跑什么？跑？——怕阎王爷勾了你三魂七魄去？真要打你还愁你会生翅膀!”

听出他并没有怀着恶意，女的才立住了脚，惶惑地但怀了不少戒心地站在门边上。

这样过了一阵，男的搜出火柴，划一支把灯点燃了。在黯淡的油灯下，那张方正微黑的脸显得特别萎缩惨白，眼珠更是可怕地陷落了。这时从他身上怎么也找不出由风雨日光和操劳而来的一般中年农人所有的力气。他像一个已经完全失掉了生命力的垂死的老人。他弯下身子在床头稻草下摸索着，女人的眼珠随着他的手在溜转，等他找出一个纸包，一打开时，里面现出一个尖形的、约有三寸长白色发光的东西，她认识，那是她一直用了二十几年，花纹都磨光了，不久以前才抵押出去的银发簪!

“哪！把这带去。”拿着簪的那只大手战抖着。

“你几时赎回来的?”像失落了多年心爱的宝物，一旦又回到自己的手里来，她的微颤的声音是悲和喜的交集，她说着就走过来伸手去接，但马上她的手又落下去了，同时两颗蕴蓄已久却被由不理解而来的恨抑住了的泪珠也滚了下来，她连连摇头哽咽地说：“我不要！你留着有用处，我……我不要啊……”

银簪直是一柄锋利的剑，给他们划开了心的隔膜，就从那裂缝中涌出纯朴的真诚的感情。

女的牵起衣角揩干眼泪，看着静穆得像一尊塑像似的她的丈夫说：“我走！”

男的点点头，不作声。

她踉跄着走不到多远，似乎记起一件大事，回过头，提高嗓子，急急地遥遥地喊道：“当家的呀，你那件汗衣洗了晾在桑树上，莫忘记收进来！”

她直向那棵约定了的矗立在下坡路的黄桷树下奔去。

三

是个无月的夜晚，淡薄的星光模糊地照见路影。一乘小凉轿迟滞地向着那棵大树走来，走到树边就轻轻地停了下来。那里早已笔直地立着一个鬼魅似的黑影，一见停在跟前的轿子，飘忽不定地移动了几步，抬前面的身材短小的男子，小胡，赶急抢上去把轿帘揭开让黑影悄然地钻了进去，他虽竭尽了眼力，仍然没有看出她的面貌，只闻到一股强烈的头发气味。

抬着人，轿子反而移动得快了。一股劲绕出山嘴，小胡嘘口大气，招呼后面的人说：“放下来把火点燃！”

轿子停在路边上。小胡接连划了几支火柴，接连几次都被风吹熄，后面的人忧急地看着他那只微曲着用来挡风的左手，刚刚一红就又不见，很不耐，于是也蹲下身子伸起两手小心地掩覆着刚划燃了的火柴头。

“这下对啦！摸黑路还要放小跑，真正活遭罪——浑身是汗!”

“我看这下谁还敢来抓住我，说在他地界上抬了生人妻，要我挂红放炮！不！哼！来！来就敲你个半死!”

轿子在两个人肩上，随着他们匀整的脚步平稳地闪动着，但只要他们的肩头略为摇摆，灯笼在地上照出的光圈就高兴地一阵缤纷乱舞，有时又顽皮地躲躲闪闪，唯恐后面的人会一脚踏上来，把它践踏得零乱粉碎，但有时也宁静，宁静得像一只狠毒的阴谋家的独眼，这时又凝神静气地在窥伺一个与他有妨碍的人埋在心里的隐秘。

其实，小胡的心事是在光圈欢欣鼓舞时才更显明，而原因就要归罪于那股作怪的头发气味。它是一根无形的游丝，缠绞住了他的两腿，他于是忘记了一个抬前面的轿夫应有的职务“报路”。

一脚踹了堆牛粪，侥幸不曾滑倒，后面的人动了气，同时也想作弄他，就愤愤地喊出本该前面的人说的话：“右边一朵花!”

“叫你莫去踩!”接口过来，才意识到自己错了，很不过意，他赶急换了一下肩，叹气说：“不轻呢!”

当他们快要走到一爿石厂上面的搭桥时，后面的人警告他说：“碰到鬼！肩膀拿给你拖得生痛，有了火还这么烦难……前面说是石厂，一个倒栽葱跌下去……”

安静地越过石厂，小胡的脚步即刻又和他的心样依然错乱起来。

别看这一个长着大脑袋和冬瓜样身段的人浑朴得没一丝灵窍，在亲戚家里六年的看牛生活早已使他孩子的天真因为饥饿逃出了心柾。当几个小身体蹲在大人们看不见的地方密商偷窃的事时，当他们躲在山洞里，把干树枝捡来烧初熟的毛豆和谷粒或叫花子鸡时，他就随手拾来一副狡狯的、凡事不怕的习性。回到自己家里，哥哥的一双老鼠眼从没把他放松过，它们成天地转着，转着，在他身上检视是否有可使家财往外流的缺口，于是做哥哥的人往往以为管教得法，咧开嘴巴独自暗笑了，但弟弟也眯了一只眼，在心下暗暗喊道：“老大，你以为你聪明……可惜得很，你没生成一副会把谷米通统数得清楚的本领！……麦子又不见五升啰！那个穿红布裤子的女娃儿同她妈妈又有好几天饱饭吃，晓得了吧？嗯？”

走完四里多的路程，绕过一段短篱笆，一幢四合头瓦房就在跟前了。天井里有一棵偏斜着的槐树，树枝飘拂着的屋顶下，正是供有“天地祖宗”牌位的堂屋，几支蜡烛过年那样地点着呢。狗声吠出了一大群孩子，他们闹嚷嚷的，接连几个粗壮的男子也走到天井来，但他们只立得远远地看。

“让开！让开！”蹩腿的老太婆用力掀开孩子们，抢到轿边，打着帘子嚷道：“你是我的侄儿媳妇呀，你要叫我婶娘呢！快些！快些跟我去！”

她把轿里的人领到左边的房里，安在一个凳上，她锁着红边的小眼，在挂在墙壁上的一盏油灯壶子的光亮下，细细打量着坐在她跟前的女人。是个稍微过黑些的瓜子脸！头发很好，但梳得太坏，甚至像和人打过架来的；她偏着头看她脑后的发髻，立地在她满是皱纹的脸上浮现着一层得意的微笑，她一声不响地推开板门就走出去了。不到多久，她慎重地捧了些东西进来：一根新打的银簪，两束红头绳，一盒粉，一团胭脂，以外是一个用纸松松地包着的小包。

“媳妇子，”她亲昵地叫道，“你说我们老年人见事还会有差吗？你的当家人本来不打银簪，亏我再三不答应，我心想像你那样人家还有银簪别过来……哦！你掂掂看，多沉手啊！少说点儿，六钱重包管有!”

她小心地把纸包拆开来，取出一对有两片绿叶的红绫花，就着灯光她看着并没损坏，先在女人头上比比，然后说:“正月间，我在街上看见好些大姑娘多戴这花朵，我心爱，求了好些人才找着这一对，好不容易呢！本来我打算陪嫁你幺妹子的，听见这里侄儿喜事，我就拼来送礼了，她还嘟起嘴说我心偏嫂……”她忽然停住口，像在努力记什么事，“哦！想起来了，人……记性不好了，老了真不行啦!”说着，她就又蹒跚地走出去。

这次进来她提了桶热水，气吁吁的。

“提不动，叫他们提来的，我单提起过道门槛都不行！老了！有啥用场!”她一气说完，喘息得就更厉害了，过了半天，她才从腋下取出一个大布卷子，但她先指了另外的一道门对女人说:“隔壁是猪圈，你把灯提去，去洗澡。木盆那边有……老规矩，‘洗晦气’，倒不在乎你一身干不干净。”抖开布卷，她又说:“洗好了，换这套衣服。我看袖子太大了，不要紧，你将来自己剪去就是，是你当家人给你买的，八成新的家机布呢……你嫌染水不好，二天上场上去包几个钱青矾、五倍子，煮成青布穿也行。”

她啰唆了一大阵才伸手去推门，但刚要把门带上了，她又回过头来说:“哦！从今后你就是我家媳妇了，恭喜你啊!”

老太婆走后，屋里是遭了大难以后的平静。她，那个卖草的女人于是才把头抬起，细细地看着这屋子。屋已经很旧，靠壁安了张悬挂着蓝麻布帐子的板床，其余的地方杂乱地堆满了锄把和篾篓之类的东西，一副石磨还没安手把，是新凿的。她看见地上那桶水正在冒着热气，于是一一依了老太婆的指示，开了猪圈的门。木桩围成的圈，占着这间充满粪和潮湿气的暗屋的一角，圈里有几只半大的黑猪，像是饿了，有的在舐食槽底仅有的余沥，有挤不上前的，立在旁边，愤愤地向它们发出威胁的鼻音，骤然的灯光使它们感到不安，略微骚乱一下，它们便又求乞样地，仰着给过于肥肿挤成一条线缝的眼睛望着进来的人。它们重新唤醒她几年前成了习惯的动作，她四下找寻，终于在一个角上发现一桶已经煮好的“猪食子”，她把灯挂上铁钉，一手提起桶把，一手扶着桶底，空隆空隆地往槽里倾。

“伙失！伙……失……猪儿溜溜溜溜溜……这边来！伙……失！”

她等它们每个都把嘴筒放进槽安分地抢食着，她才微笑了。

回头看见摆在地上的木盆，她迟疑了下，“洗不洗呢？”一转念，她决定了：“洗！”“洗晦气”，所有的她见过的“二婚嫂”都这么着，并且她自己是怎样的“犯蹭蹬”啊！

天井里放了串火炮，接连是一片大人和孩子的哗笑。当她提了灯又回到原来坐过的屋子时，早已黑压压地挤满了小孩儿和妇女，一见她那局促不前的神气，她们嘻笑着，恼乱地把她拖了进去，动手动脚地替她装扮起来。

“你自己照照镜子看……”一个年轻女人替她拍了脂粉，最后把红绫花插在她发髻上对她说，“在别人脸上拍粉真不容易。”

她顺从地对镜子瞟了一眼，依然又把头低下。

“哎哟！你怎么哭起来啦？刚才拍上的粉呀！”那个女人很不高兴地说。

“坐席去，你们坐席去！”老太婆赶走了众人，她笑眯着眼，仔细看着女人说，“这才像话！没有那对花朵就不成……你跟我来，去给各位亲友奉杯喜酒去。”

女人刚刚一脚踏进坐满了客人的堂屋，像踹着了什么机关，马上响起嘈杂的一片。

“再不像从前那个样子了呀！”

“不像个穷家小户的人。”

“大胡哥有福分，可真叫张瞎子算准了！”

“九叔公眼力不错呢！”

她觉得一头钻进遍是针刺的小林，进不得，退不得，她的腿子不住打闪，急切地想坐下去，但没人叫她这样做，而且身边也没有一个可坐的地方，她只好瑟缩地立在屋角上，像只被狡猾的老猫作弄得很久却又不肯一口吞下肚去的小老鼠。

大胡龇着两瓣大黄牙痴痴地笑，小胡不时瞅视他抬回来的嫂嫂，这时在她身上，除了那股头发味，分外多了点儿粉香。

老太婆递一个瓦酒壶给女人说：“过去先给九叔公奉杯酒，为你们的事，他费过不少心呢！”

听见说九叔公，她起了点儿恨意，但她终于好好地把那第一个伸出来的酒杯斟满了。

“新人酒”改变了廉价烧酒的苦味，客人们也并没忘记今天是大胡在请客，客人醉主人也醉了。

“未必新人就不喝个对杯吗！”一个粗暴的声音说。

“对呀！对呀！”桌上起了震耳的吼声。

迷惘中，女人手里被塞进一个杯了，同时她被推到一个人跟前。她明白这是谁，但她不想抬头认识她这位丈夫。大胡不肯伸手来接酒。

"还不好意思呢！那就你给他斟上去也一样！"她的手臂被一只有力的手掌紧按着，她本能地往怀里一缩，转眼间，大胡跟前连同邻近位子上的杯碟和插在半块山芋上的蜡烛通统给那过大的衣袖扫落了。

怎么了啊！

大胡先低头看他那件给水给油打污的布衫，再看狼藉满地破碎的碗盏，像一份完好的家产给她打得粉碎了，他一把抓着女人的发髻，疯狂地咆哮道："了不得，了不得，这……这是什么日子，你给我这一下？铁扫把，你是铁——你，你扫光了你那卖草的男人，又——又……来扫我？不要你，滚！你滚……"

似乎感到太过分，经客人轻微地劝解他就把手松开，颓丧地坐下去，喃喃地咒骂着。

"还不走开去？"老太婆拖拖女人说，"也难怪他！"

女人两步就踏进屋子。屋子是黑的。她不动，也不哭，麻木地望着窗外一角灰蓝的天，那上面挂着几颗闪动的星。

客人们走了，堂屋里只剩下大胡兄弟两个。

渐渐地，女人清醒过来，想起刚才的一切，她捧了脸，哽哽咽咽地哭诉道："我的命呀！我犯了什么罪过啊！他先要晓得是这样，穷死也不会放我来的……"她觉得身边呀地响了一声，门就打开了，一个短小的人立到面前来，同时她听见一声"嫂嫂！"

声音很熟悉，是抬她来此的那人！

她惊惶地往后退，背靠了猪圈的门，但那人也更凑近一步，又叫声"嫂嫂！"

她意识到这是怎么回事了，气愤地指着那人骂道："你要死了吧！走开！”

“莫怕！莫怕……老大醉……困着了，困——噫！噫——”他含糊地说着就向她扑来，一股强烈逼人的酒气冲上她的脸，她伸手一掌，他颠摆了几下，脚跟站立不定，就跌倒了。

倒在地上的人不住地想要爬起来，那醉汉莫奈何地蠕动，这时给了她一种奇特的恐怖和胁迫，她觉得他不像是一个活人，她一手拔开猪圈的门就往外跑。

天井里古坟样的静寂，堂屋那面有着沉重的呼鼾，灯火已没有了，在惊惶迷乱中，好像那人又走近来，她于是不假思索地用尽全身的气力，向着大门外，在不辨路径的昏暗里疯狂地奔跑。

无心顾及跟身追来的狗，也不知道应该朝哪个方向，她只管高一脚低一脚地往那白晃晃的路影上踏，愈跑心愈迷乱，愈急促，但脚步却相反地迟缓下来，走到那座石桥，她的力量再也支持不下去了，她的身体好像不由自主地直往下沉，刚打算坐下去，但腿一软，她滚了下去。

起初她还听见由远而近的人声，后来就什么也感觉不到了。

星光隐没了，四野是一片的黑，一片的静。

她睁开了眼，过后又依然合上，心空洞得一无所有。隔了一阵，她逐渐地感觉到面颊的疼痛和周身难堪的痛苦：她终于睁大了眼，她不明白怎样地会来到这个冰凉、坚硬、凹凸不平的地方。面颊这时刀割样的奇痛，她由不得伸手去摸，她摸出极大的裂口和流出来的黏腻的东西，她知道，那是血！她懒得去管她另外还带了多少伤口，只竭力思索来这里的原因。她猛省过来了，但她很懊悔，懊悔不应该离开大胡的家：“简直在发疯，谁叫我要跑的！”但她记起刚才听见的人声，她想：“定是去找他扯皮去了！我倒害了他！”不知从哪里来的勇气，她不顾一切地挣扎着立起来。但石块过多，她一伸脚就被绊倒，经过无数的烦跌，她只好失望地随便躺下，她蜷曲了肢体，手枕着头，呻吟着，让血浸湿她的衣袖和披散的长发。

她很想能够就在这里闭下眼，一直躺下去不再动弹，总有一点儿什么还使她丢不下心，她努力不使眼睛闭上，等候快到的黎明。

鸡声接连叫了几遍，不久东方上就现出一丝鱼肚白。她的周围渐渐离开了经过一个长夜的黑暗，投入抚爱着一切的晨光里。她定了定神，她辨认出这是石厂，隔她家不过二里路，她丈夫卖草每天要经过的地方！伤痛在这时失掉了能够使她勾留的力量，她咬紧嘴唇，抚着高低不一的石块尽力往平地上爬。走上这顶多不过六尺深浅的石厂，她又躺在田边上，喘息一阵之后，她仍然鼓起勇气，迟滞地向她那间矮屋方向颠跛着走去。当她艰难地爬上了山坡，一眼看见她的屋顶，她的脚步忽地加快了。

“当家的，当家的呀！”扶定一棵树身，她软弱地喊道。

没有回应。

她赶忙走拢去：板门大开着，正对门的破桌上一盏油灯冷冷地燃在那里，里屋空无所有。

“你在哪儿啊！当家的……当家的呀！”

她惊急地向着门外叫，向着窗外叫，叫声像向了一口古井投去的片片纸灰，始终打不到底。

她倚着门稍微站了一下，她的身子却想往下倒，她勉强走了两步，就瘫软地横仰在床上了。

天大亮时，好像有人走来，她想撑起，但已经不能动弹了。侧着耳朵，她听见有人立在门口，像在探望着什么似的，同时她听见一个低弱的声音说：“……就是昨夜！女人夜里嫁过去又偷跑了，夜半三更，大胡弟兄去找了保甲，向这家子要人……是的，不肯去，挨了几个耳光。你说，阴心人在肚皮里打官司，你看他做得出吗？那么老实，倒会撞骗！”

橘　子

阿全叔家的橘子全红了。鲜艳艳的红橘衬着浓绿的肥叶，把三间破旧的草房显露得特别幽雅起来。

六岁不满的丁丁因为有了橘子吃，因为只看见单是自己家里才栽有橘树，他在这时是又欢欣，又骄傲，但也比家里的任何人都显得忙碌。

一连起了几天的大风，直到这时还没有停止，望着那些给风吹得醉汉似的、前仰后合的树木，望着那些疯狂的、黄蝴蝶似的、夹带着泥沙飞舞的落叶，他由不得替他的橘子担心事。

他蹲在秋姑儿的纺车旁边，看她纺棉纱，但只要一听见外面的风声他就闹嚷嚷的。

“哎呀！你听，妈妈！……呜呀呜的！又来啦！”

他跑到外面去张望，橘子依旧牢实地钉在树枝上，他才安下心，回到原处去蹲着。

“不要去管哟，风吹不掉橘子的……哎，看你两只手冻得像红萝卜了。”秋姑儿赶忙用脚尖把搁在腿下的烘笼推到丁丁身旁，“烤烤手吧，拿去!”

“不要！我要橘子!”

“又要橘子?”她噘了一下嘴，“爷爷困着呢！悄声些，等爸爸回来给你讨去，我要赶线子，不得空。”

阿全叔坐在一条矮凳上，手篷在夹在腿中间的烘笼上，眼睛紧闭着，像真的困着了。

一根棉条没有纺完，庚贵就回来了。丁丁边叫边跳地向天井奔去。

“滚开！看竹子倒下来打扁你这小狗头!”庚贵说着，砰的一声响，肩头上一大捆新从林里砍来的竹子就松了下来。他不住地喘息，额头上冒着烟。

“爸爸！妈妈叫你给我讨橘子。”

“先去给我把篾刀拿来!”

“橘子呢?”

“去！我叫你!”

他们的声音终于把阿全叔惊醒了。他揉揉眼，茫然地望着每一个人，似乎自语，又似乎在问别的人：“雪又冻不成了吧?”

“哼！雪！你看看那方天!”

随着庚贵手指的那只天角上，天色比较清朗了些，而且远远的，好像有一丝丝太阳光，软弱无力地洒在冷清清的田野上。想到一冬来的缺少雨水，他希望着冻雪，但想到目前的紧要关头，他又盼着晴天。在这大冷天里，谁肯缩脚缩手地跨着泥泞的道路跑到你这静僻的乡下来!

这时，小花忽然在大门前叫起来，应着声，两条大黄狗也扑上前去，三条狗不远不近的，恰好包围了一个客人。

阿全叔随手拾起一块庚贵刚刚撕破的竹片，赶了上去。他一方面叱狗，一方面眯了眼打量这位客人：口里含了支旱烟管，半新的蓝布衫上罩了件青布短袄，一条褪色的、大概是正月里玩龙灯得来的土红布缠在腰上。

他正是阿全叔托人请来的，每年下乡收买果子的张贩子。

“哦！是你哥老官来了……走开去，小花！没长眼睛的东西!”

秋姑儿在桌下拖出一条长板凳放在旁边，牵起身上的围裙揩去了灰尘，她仍旧一声不响地低了头，转起她的纺车来。她不留心别人的话，也不管她的纺车的响声会打搅别人。

“听说你这儿有点儿生意做，恰好今天到王老师家去下货，顺便走来看看。”

“说不上生意哟，十来棵橘子的事情。往年我倒还没有成成气气地卖过，一半是给小娃儿们糟蹋了，一半榨了饼卖。你哥老官晓得的，这些年庄稼不好做，没法不打点儿小算盘，今年我媳妇子的娘家把糖坊生意倒了，自己拿钱买糖做饼犯不着，看看又快过年了，也想弄几个现钱转一口气。”阿全叔说着，掉头叫丁丁去摘橘子来尝。

庚贵站在高凳上，丁丁仰着头，牵开衣兜在下面接：一个、五个、十个，全是一色鲜红，顶体面的大泡子橘。

“口味不错，张大叔尝尝就会晓得的。”庚贵立在天井里，提高了嗓子对客人说。他又握起了他的篾刀。

张贩子随意拈了一颗，放在手板心里掂着，转着，细细看了一阵，然后才把它剖开，似乎怕冷了牙齿，他只勉强塞了一瓣到口里。

看样子，他也许要嫌橘子酸或味道太淡了，但究竟是难以说出口。

“你打算怎样卖法呢?”他慢吞吞地问阿全叔道。他说话时眼睛仍然盯在手里的橘子上，手指在撕那上面的网似的橘络。

“你哥老官说价钱吗？照行市就行，别人的是多少，我的也算多少。”

“我问你是过秤呢，还是过包?”这一次，张贩子把剩下的半块橘子轻轻放到桌上不吃了。

对于他的近乎斯文的模样，阿全叔看来不大顺眼，一个这么粗壮的男人，吃起果子来倒只吃一半的！但他没工夫去同他客气，他急于要接话。

“包卖吗？我看还是过秤的公道，彼此两不吃亏，有一斤算一斤。”

张贩子不作声，大踏步走出屋子。阿全叔跟在他后面。他把屋前屋后的每一棵橘树都打量了一会儿。橘树一共是二十棵，打麦场边上五棵，菜园里十五棵，果子多得坠弹了枝，而且又匀称又大颗。

看完了，张贩子立在树下摇着头说：“你老人不懂得，阿全叔！老实对你讲，今年的果子行市不能比去年，试到水码头去打听看，今年一共走了几载橘？下河销不去，本地又销得了多少？我们做这行生意的人，顶不欢喜收买零头货，像王老师家里就不同了，只要他说一声：‘某人，我要卖橘啰！’谁都要像扑灯蛾样连跟三跌地扑起去。你想，动不动就八百棵、六百棵，哈，什么劲仗呀！哪怕他价钱就贵些，人家也有个贪头——你我不是外人，你看得起我，把我叫了来，未必我张贩子连这点儿小忙都帮不了?”

“对，我晓得你是一个爽气人……”

“不忙，你听我讲，为一点儿小意思来扳牙齿劲太没意思了，我们肉烂在锅里头，河柑子是二元八角，我爽爽气气给你三元一担，四担橘子包给我，不大点儿事情，这点儿忙我给你帮了就是。”

张贩子很气概地在衣袋里掏出六块银圆，敲了几下，表示一丝不假，然后往桌上一摔，银圆叮当地响，声音很脆。

“哪！先拿六块，等伙计来挑货再补六块。”

“三元一担……四……担……”阿全叔摇着头讷讷地道。

这时的钱声、说话声惹起了秋姑儿的注意，她抬头望着屋里的两个人，半节棉条搭在膝头上，右手还没放下纺车把，但是没有转。丁丁下巴靠在桌边，正玩弄着一个有两片绿叶的橘子。

见了阿全叔迟疑的神色，张贩子软软地把摊在桌上的六块银圆收起了，依旧放进袋去。

“不贪卖吗，阿全叔？随你的便，生意做不成，仁义还是在，哈！哈！”

钱，这时对于阿全叔有莫大的诱惑力，他不能看见别人把明晃晃的大银圆送上门来又带起走了。他在这时是怎样的需要它呀！他紧皱了眉头，举起蒙了一层灰雾的眼睛死瞪瞪地望着那一张污黑的、布满了灰尘的方桌——平平坦坦的，什么都没有了，单只几颗橘子呆板地摆在那里。橘子有什么用场呢？……

他于是下了决心。

“坐下来，哥老官，只要过得去，两下不吃亏，生意总是要做的。我也实在等着要钱用，你多少添一点儿就成了。”

“哦，阿全叔，你莫非还想我会在你这点儿生意上赚大钱？大家不是外人，只要帮得了的忙，我总得给你帮。”

“多少添一点儿……”

“老实说，你总不该反来要我折本呀，脚钱总得让我赚出来呀！再说一句真心话，顶多顶多我只赚你几斤秤，莫非还有多大油水？”

秋姑儿看见生意要成了，心里着急，装作没事的模样，溜到天井里悄声地对庚贵说：“张贩子太心狠了，他想卡住我们卖，三元一担，四担包。你赶快进去挡住爷爷，多放几天又不会生蛆虫！”

一见庚贵进来，阿全叔就松了一口气，眼光迎着他，意思想叫庚贵来圆成这回事。张贩子却装作不看见，他很像是在说：“我同你老子讲生意，你犯不着跑来多嘴。”

“说好了没有？”庚贵问。

“张大叔说三元一担，四担包。”

“哦！哪有那么便宜！不说九担十担，起码七担少不了。张大叔认真要，就作六担算价，价钱就不去提了。”

“算了，卖不卖都由你，生意不成，你的货在，我的钱在。”张贩子说着就往外走。

阿全叔恶狠狠瞟了庚贵一眼，他把“堆头”估量得过多了，满心指望他来圆成，他反而不到三言两语，就把事情弄僵了。

“等等，张大叔！不要走，生意一定要做的！顺你一口气，就算五担总行了吧？”

“四担！”

“四担半呢？”

“四担！一共十二块钱！”

他把“十二块钱”几个字咬得特别的响，好像是银圆在口里互相碰撞发出来的声音，这声音震撼着阿全叔的耳朵。他稍微犹豫一下，终于说："好吧，好吧，肉烂在锅里头。"

张贩子脸上浮着胜利的微笑。阿全叔蹲在地上敲银圆。他把每一个都反复地、仔细地敲了看了之后，才又小心地放到怀包里。但是钱到了手，他的脸色反转变得异常阴暗了。

张贩子请了庚贵帮忙，并向他借了几只箩筐。先采屋前的。

渐渐地，树上的橘满堆在箩筐里，树子变成了纯绿色。一棵采完了，又采一棵。

直到这时，丁丁才明白那个腰缠红布带的大男人是要把他的果子通通抢走的，他拖住秋姑儿的衣角，并不看妈妈的脸色，就叫道："妈妈，橘子！"

正在找不着泄气地方的秋姑儿，这下机会向她飞来了，大巴掌雨点儿似的落到丁丁的脸上和身上。

"你这小猴儿，小鬼，你没生得好命，橘子？你投错了娘胎！"

丁丁纵声地号哭，挣脱母亲的手，逃到坐在屋檐下的祖父怀里，衣襟同袖子全是涕和泪。

庚贵懂得秋姑儿的气从什么地方来，只淡漠地望了丁丁一眼，一声不响地仰着头，伸手把张贩子从树上递来的一篮橘倾进箩筐。倒是张贩子感到不过意，他接连向丁丁招手说："来呀，丁丁，到这边来……不来吗？那，你自己拿去！"回头看着秋姑儿："不大点儿事呀，庚贵嫂！你叫丁丁随便拿去！"

这种好意的客气，更加增了她的怒恼：他买了便宜，现在反来装大方，谁高兴他这假人情？不说几颗，就是一筐两筐也是正分啊……狠心人！要是她当家，可不给你这便宜占，但是，她做不得主……她愈想就愈气，她于是红涨了脸，跑到屋子里把桌上的橘子搬来掷到丁丁跟前，吼怒地说：“拿去吃个够，这才是你自己的东西！咹，时常对你讲，不许向别人讨吃食，今天你偏来丢我的脸，下贱种！”

丁丁不敢拾橘子，他望望妈妈，又望望祖父，他陡地倒在祖父怀里，哇的一声又大哭起来了。

为要逗得丁丁欢喜，搀着手，阿全叔带他到菜园拔萝卜去。

菜园围绕着一道铁篱笆，叶子全落了。外面是一片长了杂木的小山坡，立在山坡上，清晰地可以望见阿全叔的家。几个蓬头的捡柴妇女正起劲地在抢扒坡上的落叶。但只要看见四下无人，她们也会抱着树身尽力地摇，甚至把容易拉断的枝条也折了下来，藏在背篼里，上面用叶掩盖了，使人看不出她们做过犯规的事。有的背篼装满了，就悠闲地立在旁边，找着别人说闲话。

一只喜鹊站在一根柔软的枝上，它一闪一闪地正对着阿全叔的菜园叫了几声，张开翅膀朝着那面飞去了。

“三婶子，”一个圆脸、初上髻的小媳妇对着面黄肌瘦、长了一口整齐的白牙的中年妇人说，“喜鹊叫呢，你说它是报喜还是报客？”

“那，你要问它自己才晓得。依我说就什么也不报。未必六十多岁的人了，还有人给他说亲，丁丁才拳头来大，也没有人给他提媳妇！”

“嘻！嘻！嘻！丁丁六岁啦，三婶子，你们明哥儿不是才三岁就抱了媳妇儿进门吗？”

觉得小媳妇到底不大懂事，三婶子便对一个正在扒柴，和她差不多一样年龄的女人说：“大嫂，”指着坡下的三间草屋，“你刚才没看见这家人的事哟！周寡妇向他要钱，不晓得怎么样，她喊天叫地地打散了头发要去跳井，幸喜明哥儿的爸正在打水，不是的话，哼！他家怕不会遭人命哟！”

“哦！”大嫂对于不曾亲眼看见的热闹不能不有遗憾，但她接着问道：“阿全叔欠她多少？”

“六十块呀！还少吗？孤孀寡妇，就靠这点儿命根根。这些人全不替人想，不管别人家死活……‘来世债’也不是好拖的！”

“可是，阿全叔也真的过不去呢，单是空仓就有三十多块，哪个有钱肯背这么样的大利！”

出乎意外的答话，三婶子沉下脸，把嘴一扁，白眼向天翻，极不高兴地说：“喳！喳！什么过得过不得！到如今，谁个不是穿的在身上，吃的在肚里？谁个又不想把别人家的大银圆弄到自家包包来，快快活活过两天，单单晓得发财人的账不好拖，借了他们的，哪怕你卖儿、卖女、卖肉、卖骨头都要还？拖了穷人的账就不怕？哼！穷人也有一条命……是周寡妇！掉手是我，三下两下碰死在你家里，横顺没儿没女的人，落得收个把野孝子来披麻戴孝送老娘上山！……”

小媳妇一眼看见阿全叔牵着丁丁进菜园了，赶忙向她的同伴丢眼色。她却装出没事的样子喊道：“丁丁，橘子好吃吗？请我也吃几个！”

要是在往常，阿全叔总不免摘几个抛出去，让她们抢着玩，今天他连头也懒得抬起，他默默地望着那双睫毛上还沾着晶莹泪珠的眼睛发怔。想起适才秋姑儿的神气，他简直有些伤心。做公公的人，自然不好当着外人面前责备媳妇，可是庚贵呢，他也站在媳妇那边！未必他安心把橘子贱卖的吗……不卖又怎样呢……大家都不耐烦，大家都往丁丁身上出气……怜爱和委屈一齐杂糅在他老年多感的心坎上，他长叹一声，就伸手去抚摸丁丁头上柔软的短发。

“爷爷！橘子！”

丁丁说时，一双眼睛睁得大大的，明澈的黑眼珠，经过泪水的浸洗分外显得明澈了。那一闪一闪的光辉像春天的朝阳，唤醒了给忧患压榨得快要枯槁了的心，给了他以无上的安慰，但这安慰中是包含了不少的辛酸成分的。

“爷爷……”丁丁看见阿全叔没动静，又叫了一声，同时，他的肥肥的小手也放在他头上的一只干瘦如柴的手背上。

“我去给你摘去！”阿全叔这时把一切都忘怀了。他把丁丁往旁边一推，只两步，就走到一棵大橘树跟前，他用力攀下一根大枝头，刚要动手去摘，就听见张贩子的声音，他不自主地把手一松，枝头又弹回原处去了。因为互相碰击的结果，两颗橘子被弹了下来，骨碌碌地滚到菜畦里去了。

丁丁欢笑着往土里追赶。

张贩子拿着高凳走拢来，望着阿全叔微笑。阿全叔登时觉得浑身都发了热，脸上尤其是火辣辣的。他背转身，低下头，坐在土塍上，一言不发。但他的心却像要炸裂了！他想大声地把拥塞在里面的东西吼出来：“什么！你以为我在偷你的橘子？那是我的！顶多我拿过你六元钱，退你，把钱退你！我的东西！我爱怎么样就怎么样……”

这些话始终只他一个人才听见。正在这时，一棵橘树又快要只剩下绿叶了。

丁丁捧了橘子在嘻笑，两颗橘子满足了他的小小的心。

陡地，阿全叔站起身，冲到丁丁跟前颤声地说："放下！不许要！放下！"

丁丁痴呆地望着祖父奇异的举动，两颗橘子从他手里落到地上了。

篱外的小媳妇高声地喊，同时用手指道："在那边，丁丁，那，那，那……那块黄瓦片旁边，你怎么不去捡呢，丁丁？"

是，丁丁不去捡橘子，小媳妇怎么也不会明白的。

刘　　嫂

这一天惊醒我的不是打窗外经过、赶牛上坡的放牛儿的山歌，也不是家里什么人和我耳聋的母亲讲话不得不提高的声音，是“大人啰!”这样的一声惊叹。声音粗暴，而且对我是陌生的。

我怀着怒意，打算看究竟是谁在屋里。刚一睁开眼睛，我就看见我的床面前立着一个衣服褴褛的中年妇人，稀疏的头发下面是一张微扁的麻脸，因为她在笑，嘴唇开咧着，于是无牙的口洞完全可怕地显露出来。

这个看去不大顺眼、异常丑陋的面貌，我似乎在什么地方看见过，但一时想不起了。

我静静地谛视着她。我在竭力翻检我的脑子里的记事册，看是否可以找出她这一个人的旧账。

好像明白了我在想什么，她先说话了：“刘嫂！我晓得你会把刘嫂忘记的……整整八年不见，你已经长得这样大了，没人说是你，我就碰见你也不敢招呼。”

“什么！刘嫂？你就是带我的刘嫂？”

我立地从床上跳下来。我的脸因为过分的激动变得通红了。

孩子是太容易把一件极细小的事轻轻记牢，也太容易把应该记牢的事忘却。怎么我竟把这一个和我有过深厚感情的女佣忘掉了？忘恩的小东西啊！

我的逼近反转使得她后退，她背后有一张家里人特为我安下的星期回家自修的书桌，桌上有一瓶鲜艳的六月菊，经她这突如其来的猛撞，连瓶带花一齐倒了。她仓皇失措地赶急去收拾，我连忙把她劝住。

“你……”

我本要说一句什么岔开她的不安，可是我的心也很纷乱，“你”以下实在不晓得应当说“你以前”呢，或是“你如今”，也许我是想说“你完全和从前两样了”吧。

真的，刘嫂太不像以前了。她这局促的态度，只有在父亲和母亲跟前才可以见着，为什么她如今也要拿来对付我？我不就是那一个她顶爱的、时常用慈母般的感情来看顾的孩子吗？但，我也想，倘若她今天依然坐在一个矮凳上，叫我坐上她的膝头，放低声音为我唱母亲不许唱给我听的小曲，或说一些对于孩子的心灵有损害的恐怖的故事，或者叫我用手臂箍着她的颈项，亲她的红红的麻脸，我一定会毫不迟疑就加以拒绝。

不能怪她，也不能怪我，是时间，是可怕的人事无形中把我和她分离得远远的了。

默默地对望着，这是很难堪的，我想我得找几句适当的话说。正巧母亲来了。

她进门就打哈哈，我知道她今天很高兴。

“连主人都当不来的呀……怎么不请刘嫂坐啊?”

我的确没有留心我坐在床沿上，刘嫂却站在屋子当中。

“你看她长得比我还高些了。”母亲说着又指指并排在我脑后的、用发辫盘成的两颗精致的小髻，“中学堂作兴梳这个头，看起来还好看不是?”

刘嫂好像没有忘记对母亲答话只消点点头就行，但也许她不曾注意母亲的话，她的眼光不停地在我周身上下扫掠。她在追寻八年前的一个小小影像吗?

母亲见她那样看我，笑吟吟地说道：“你们怕都不认识了，老的老，大的大，日子过得比穿梭还快。”她又问我：“你该欢喜? 你做梦也没想到刘嫂今天会跑到这鬼都难找到的山里来吧? 真是亏她费神打听! 你还记得不，我开销她的那一天，她买了许多鲜菱角同甜藕给你? 我是因为她爱喝酒才不要她的。”

母亲的坦白使我大大地吃惊，想不到她竟能当着这女人的面前，提说她曾经做过的近于伤害她的事。

说起菱角和藕，像触到了我的什么，我只想避开她们全集中在我身上的目光。

一股风把碧绿的芭蕉吹拂到窗沿上，我撕下一幅，扯成细细的丝条，撒了一地。

突然，我想起一句话：“你怎么知道我们搬到这里来的?”

“‘湖广问到四川’，这一二百里路还有找不着的道理!”

还是那么伶俐直率的口齿呢!

我正要往下问，母亲叫人拿了一瓶酒来。她对刘嫂摇了摇，然后说：“我晓得你就只爱这一杯! 去! 厨房里喝酒去! 这是陈年地窖酒，多喝了不好，留些带回去，同你当家人慢慢儿喝。”

刘嫂走后，母亲告诉我刘嫂现在有丈夫，是一个有七分山地，以抬轿子上长路做职业的人。她没听清楚她住在什么地方。她怜悯这命运不好的女人。

关于刘嫂的身世我不大知道，也许有人说过，可是我记不住了，经母亲一提我才完全明白。

她在十五岁上被人拐骗出来，卖给一个大家做使女。因了一夜酒醉，她受了一个四十多岁的主人的极端侮辱。后来肚子大了，她就被赶出那道立着两个石狮子的黑漆大门。孩子是在临街的茅厕里生产下来的，出世三天就死了。据说还是亏了一个好心肠的粪夫肯替她扫净爬在周围的蛆虫，用一床破席裹着抱出去埋葬的。以后，她当过补衣妇，也立在城边上伸手向来往的行人讨过钱，也在一些小巷子里卖过稀饭。不知因了怎样的缘由，最后她才落到我们家里来当用人。这在她是怎么可贵的机会、可贵的生活！

倘使她不贪酒，母亲不会辞退她的。

贪酒是她的唯一过失，母亲是善良的人，我也明白……可是我想起八年前刘嫂临走的那一天……

仿佛也是这么一个夏天，天空里轰隆隆地响着雷。我在天井里一棵紫荆树下看黄蚂蚁和黑蚂蚁打仗。母亲在竹帘内同一个什么女人在说话，又似乎在生气。

刘嫂这时从大门走进来，不拘谁一看，就可以断定她又在外面喝了酒了。她手里拿了两节雪白肥大的藕和一个荷叶包着的什么东西。手腕上挂着的瓦罐，不用说那是烧酒了。

她把荷叶包递给我：“我给你带了好东西回来。你先剥菱角吃，我去把藕洗好给你切来。”

母亲叫我不要吃菱角。

等她捧了瓷盘向我走来时，和母亲说话的那个女人冲上前去，在她额颅上戳了一下，气势汹汹地说道：“人家不要你了，收拾东西请你另自高升吧……我给你帮忙也帮得十分够了，谁叫你这么不争气……马尿水灌不够……自讨！都是你自讨！”

刘嫂什么也不说，她只催我吃藕。

我只好接过盘子，送到母亲跟前。她在绣一幅白绫枕帕，脸色给娇艳的花朵反映着，又加以正在盛怒之下，显得不像往日的和蔼可亲。她顺手把盘子往桌上一推，冷冷地瞟了我一眼，虽然没有责怪到我身上，我早已骇得发抖。但我更替刘嫂担心。

这天晚上开饭时，刘嫂没有出来料理，奇怪的是母亲也不叫她。

一逃开母亲的眼睛，我就跑到厨房去。门已经关上了，我不敢敲。我悄悄地从门缝张看，同时低低叫了几声“刘嫂”。

他们一伙人通坐在桌上，每人面前有一个酒杯，刘嫂提来的罐子也放在那里。他们正吃喝得有劲，谁也不来留心这时候门外有一个孩子，用着全副的热心来探望他们当中的一个。刘嫂脸色很红，衣袖捋得高高的，上襟的纽扣也解开了，半个身躯几乎是裸露着，这奇怪的模样我是第一次看见，我不懂她为什么要这样。过后想来，说不定她因为不再吃这家的饭，不需顾忌什么了，她要挣脱三年来所受的拘束，在这临别的夜晚让她尽量地发泄一次吧！

“托个人求求上头的，说不定会留你。”

“本来，吃人茶饭受人管……”

“不消！不消！别人不要你，估倒干也没意思。帮人的人，一根脚杆在里，一根脚杆在外，对就踏进去，不对退出来，东家不行又走西家。人只要有两只脚、两只手，到处好找饭吃。我连叫花子都当过了，还有什么事做不来？……”

我怕母亲叫我，急急走转去。

我牵住母亲的衣角。

“你做什么？”她问。

“娘……刘嫂……”我连说了两声她才听明白。她说：“明天我就要她走了。我不放心把你交给这样的人带，另外找个好脾气的女人来领你。”似乎自语，又似乎在对我讲：“人倒是实心实地的人，就只贪这杯酒！说也可怜……多支一月工钱给她，欠的就算了。再送她一套棉布衣服。”

第二天我一早醒来，刘嫂已经走了。一直八年没有再见她的面。

这次她来，我真想不到，我惊喜，但也有点儿悲哀。

假如母亲不把她辞掉了，她不至于落得这么褴褛这么憔悴的吧！但我不能把责任放在母亲一个人身上。

我希望母亲能够把她留下来。

刘嫂吃完了饭转来时，我问她：“酒饭都吃过了？”

“多谢你，我今天吃得很饱。两年多没有吃过白米干饭了。”

“你的日子过得去吗？”

“过终归是要过的。好日子坏日子全是一样过。过不得也要过下去。”

我沉默了一阵，向她解释说：“不是，我是问你够吃不够吃。”

“哦！哪里会够哟！他找来的，只够他一个人绞缠。我就靠七分山地，天天总要打一背柴来添补，没柴打，苦力也得下。好在七八十斤的活路我也还不在乎。”

“你的当家人待你还好吧?”

“好……自从打你们家里出来，我一连找了三个男人，个个都打我；后头一个因为我打不过他，才偷跑出来，嫁给这个……”

“他不打你?”我赶忙地问。

“怎么不打?没有男人不打女人的!”她望着我笑了笑，那意思大约是:“你爸不也打你娘吗?”她又说:“受不住，或者打不过，我晓得逃开!”

天色渐渐黑了下来，她有些坐不住了。

“天也不早，怕要落大雨，我还要走五里多路。我回去好好养两只肥母鸡，等秋凉天请你同太太去吃。”她摇摇头:“我那猪圈样的窝窝，你们不会来呀!”

“再坐坐，我还有话问你。你就这样过下去吗?不打算找别的事做?”

“做什么呢?我这叫花子样的人就是你们也……我是撒野惯了的，粗脚粗手，更是细巧不来了。就是这样吧……哪里黑就哪里息，一个人总不会饿死!”

我再没有话可说了!

母亲留她不住，送了她一斗白米，酒瓶也叫她带了去。

不久我又上省城读书。母亲也没有告诉我是不是去过刘嫂的家，吃过她特别养的肥母鸡。

第二年我回家，听说刘嫂又和她的这个丈夫分开，不知流落到什么地方了。

我相信一直到现在她还是生活着。我祝福她这了解生活的人。

井　工

一

夜静，月亮升到中天。天空苍然，深邃而辽阔，没有云翳，没有风；地上不见一个人的形影，也不听见一声狗叫；全丁厂静静的，静得连池塘边上偶然的蛙噪也显得洪亮，响彻四野了。

然而丁厂并没有困过去啊！撑支着丁厂命脉的源泉——盐灶和盐井，正不断地，反而更加紧地在滋浸着！

盐井毗连一片，立在山巅上。每一个井棚里仿佛动的只有牛脚蹄车盘和绞水的辘轳，人们板起一张冷脸，谁都不肯出一点儿声音，像在和谁赌气，又像他们说话的力量都给什么压榨完了。但他们的心是同样的急迫，同样地希望着一件事：时间快点儿过去，快把盐水的筒数汲够，让别的伙伴来接班，自己的身体能早早地倒上那张铺了稻草的地铺，一直睡到天明。

但老瓜却让他的铺一直空着。

探头到井棚外面一望，火生踅转身坐在条凳上幽幽地叹起气来！

月亮才当空，盐水还差得极多，可是，这双眼睛……

“这双眼皮简直不是我自家的——要它睁开它偏闭。”

十六岁不满的小三儿拿着皮鞭跟在两只牛后面转，牛脚步稍迟缓，他就接连地把皮鞭挥动，嘴里吆喝着：“嘘——呜哇——”

“你倒不想困，小三儿？我今晚上实在有些不行。”

“这样吧，学我！”

他用一节竹签两头捏个小泥丸把眼皮上下绷起来。

“时常这么干，你会瞎的。”

“我想当瞎子呀，瞎了眼睛讨饭才有人肯给。”

“胡说！”

“真的，不信你看老瓜弟弟年轻讨饭就讨不着饿死了，他老娘路都走不动偏饿不死为什么？……”

于是他们谈到老瓜的娘——瞎婆子的许多事。

老瓜是井工，是他们这三个同伴之一。他今夜不知溜到哪里去了，也许在村店上喝烧酒，但也许又到别人田里偷吃食去了。

玉米正饱粒，南瓜正黄，溪沟的螃蟹是可以点了火把去捉的，还有竹林里一些冲不上林的二批笋……

一想到烧熟的蔬菜的芳香，小三儿连眼皮也不用撑了，他兴奋而热情地问火生：“怎么这时候了他还不回来呢？”

于是火生大笑了。火生笑他刚才还在说老瓜老娘的坏话，现在又想吃别人儿子的东西。

小三儿显得有点儿窘，但他申辩那不是他的意见。

“我也时常看见她在泥荡里洗澡，我可没拿石头掟她过。”皮鞭指着棚顶，“天晓得，那次她把一碗饭丢了，老瓜说是我抢走的。”

"哦，对！那么，她在篱笆底下脱开衣裳摸虱子，又是哪一个把她衣裳抱跑的?"

"你说是我?"

"嘿嘿!"

说到病根上小三儿再不开口了。井棚复归于寂静。

灯芯结了一个蜻蜓头似的大黑蕊，几尺以外一切全在黑暗中。

空铺的正对面，躺着一条病瘫的老牛，它患了下痢，不时把脏水排泄到地上。它的呼吸粗暴、骤急，常常抬起红涨得几乎要脱眶而出的眼珠望望人，又望望灯光，似有所希冀又似有所依恋；但是人除了对于从它身上发出的恶臭感到极端的憎恶以外，没有哪个注意到它的存在。

遥远处，有狗吠声，接着听见有人咿咿呀呀地在哼唱。脚步终究响到外边来了。

邻近的井棚里什么人开腔骂："又来啦，夜半三更……狗……牙巴!"

唱的人也并不在意，一直哼唱着走进来。

老瓜的手是空的。小三儿对于老瓜的空手感到失望。

"快归你接班哪，这时候还在外边打野，有哪个替你不成!"

"哦，晓得!"

依旧是一张怪白的脸相……证明老瓜没有喝酒。

老瓜的额颅上有一条血痕，神气坦然，但很疲惫，像是才做了一件极费力的工作来。

"你怎么了，老瓜?"火生问，"你做了什么，你到什么地方去挂了彩来?"

“彩?”

“脸上有血呀!”

一手抹下，随即往衣角上揩了。他把头掉到一边:“拔笋子，笋尖扎手，大意糊上额头的。”

老瓜边说边抽身走。他躺到地铺上。他不久打起呼鼾来，鼾声和病牛的喘息互相应和着。

小三儿的脚步渐渐缓下去，皮鞭也没刚才响得有力。井口上的辘轳悠然地转动，他也像要困去了。

火生坐在那里打瞌睡，口涎直往衣襟上淌，他几乎忘记了快要冒出地面的盐水筒。

“啊，爸爸……牛！牛……”老瓜从梦中尖锐地一声惊呼，同时一股气爬起来。

他正捧了一碗鲜美的牛肉汤在大喝，不知怎么一变，肉汤成了他父亲的糜烂的尸体，碗变了薄木小棺材，开裂着大缝，淡红的血浆汩汩不断地往外淌，再一转眼棺材又是一只大黄牛，凶猛地向他直追……

“我看你真正有些呆气！又是你那死鬼子爸爸来拖你吗?”

老瓜躲在灯光下脸发白了半天，他问:“你们闻见什么气味?”

“还不是那条病牛！你在做梦，连白天的事都忘了!”

忽然走到牛身边用力地拿脚头在牛身上踢打。

“你，未必你死都死了还不许人吃……”

“它快断气了，你还踢它！它没犯着你啊!”

又重重地踢几脚头，老瓜才重新困下去。但一直到接班他没有闭眼睛。

爸爸、瞎眼睛的娘、弟弟、牛……一直要来搅扰他，赶也赶不去，于是他在心下想：“说不定是吃多了点儿，哦。人吃多了东西总会困不着。”

他仿佛闻到一股并不怎么可厌的鲜肉的腥臊味，他觉得他的胸膈上胀胀的，怪闷气。

二

轮到老瓜来汲水。

虽然没有睡足，但他却不想睡，他觉得他胸膈上胀胀的，怪闷气。他又想：“的确吃多了点儿，哦。”

这时赶牛的换了人，一个比小三儿还小的孩子，脚杆特别短，不是他催赶牛，倒仿佛是牛在拖他走。

老瓜摇摇头，凄苦地一笑，好像他想起他初来时也是短脚短手的被牛在后面追着跑一祥。

“小兄弟，几时来的呀？”

“一个月了。”

“是娘叫你来的吧。”

“嘻！你怎么晓得的？”

“嗯！我晓得。”

孩子稚气地望着老瓜笑，想还要说什么，但老瓜不理他，走出去了。

天色已经破晓，东边的山密隐隐地显现出一点儿轮廓来，模糊得很。

谷底下，盐灶房的大房屋仍然安舒地蹲在黑暗中，只盐灶顶独特而矜骄地矗立着，火光还旺呢。

他似乎受了一种威胁，非常胆怯不安地在探视什么。说是在看住着他的娘的那匹山头吧，他的头又偏向另一边，他像做了一件犯罪的行为，觉得有无数的侦察者埋伏在黑影中，只等天一亮就会向他包围过来。

他颓丧地把头倚在一棵柳树上，风动，露珠洒落下来，打在他脸上，打湿了他的头发和两眉。

“老瓜哥!”

一个年轻的女人挑了担瓦罐蹑手蹑脚地走进井棚，轻轻在叫喊。

“什么?”

“讨口盐水吃，趁这时那些人不上山来，好多天没见一滴咸味味，青椒没……”

“去你的!”

“我们全是熟人哪！刚才我还走娘的山洞口过来的，她……”

“她怎么?”

“她好像醒着呢，地上有火种，我还闻见一股肉香呢!”

老瓜嘴唇有点儿发抖，他冲到女人跟前指着她骂：“你这娼妇，你……”

妇人骇得往后退，正预备夺门走，不提防老瓜已经把她的一只罐子抓住，出乎意外的是他并不往地上敲，他把它伸进水盆去，给她满满装了罐盐水，一罐，两罐。

这个太奇突的举动把她怔住了，她不说任何感谢的言语，惊讶地挑着担子走，走走又回过头来看。她唯恐老瓜会抓她转去。老瓜并没有去追她。

“鬼！全是鬼！”

老瓜一举眼，正巧棚角上一对光闪闪的东西也在往他看，他心里一怔，不由得慢慢走过去。牛喘息得更粗暴了，肚皮一凹一凸地起伏着，它的眼睛鼓鼓地挺起，显出十分的苦痛、凄切、动人，不顾忌一切的肮脏，他伸手轻轻地掐着它的头顶。

晨光悄然地从窗洞爬进来，同时带来了清新的凉风，阴影不复存在，氤氲了终夜的一切腥恶渐趋于稀淡，消灭。

老瓜的心却跟着天光一刻更比一刻紧。不过他明白担心是没有用的。

他微笑地望着两个几乎是躺在牛粪便中的伙伴：“哪里是人哟！”

地上的脏水因为受阳光的照耀闪着污浊的绿色，苍蝇出现了，嗡嗡不休。他摇着头，走出去撮了一筐泥沙撒在地上，轻轻的。

在两个伙伴沉重的呼鼾中，他坐在草堆上低声地哼唱起来。

咸泡菜和初出甑笼的热饭香失掉了往日的吸引力。伙伴们不忘记把饭往肚里塞，但眼光总绕在老瓜的身上。他们不时发出些奇怪的声音，似乎又在竭力地不使有什么声音发出来。

伙房司务穿起一条大布围裙，在锅边洗涤碗盏，两团给火热袭得发红的肥墩墩的颊肉随了手脚的动作不停地闪动。他照例地在抱怨厨房太小，别人妨碍了他的过道。可是老瓜今天并没有碍着他。

“别人快吃了你才来，昨夜干啥去了呀……你？”

老瓜只在喉咙上回骂一声“狗——”，便不作声。

一个人假装鼻孔痒，打个喷嚏，他说：“呀，这什么臭！很像是牛臊呀！”

“是……是牛肉，牛肉味才有这么钻心。”

老瓜不想再听下去，只吃个半饱，把碗筷往洗盆里一摔，呵呵着打算走开，但他走不开。

他被叫到管事的面前。

一件东西一触目就使他吃惊，他娘天天用着的破沙罐好端端地搁在管事的脚边，他的眼睛死盯住它不放。管事也一样地死盯住它不放，不过他在笑，他手里捧着一把江西小瓷壶，长指甲敲在壶肚上，铿铿有声。

“认得认不得，这是哪个的沙罐，老瓜，嗯？”

“我娘的。”

“你一天到晚真忙呀！”讽刺地向周围瞟一眼，脚尖轻轻点着地，头自然而然地动起来，“娘瞎眼，你也不帮她把罐子洗洗干净，你看……多邋遢！”

猛的一下，老瓜抬起头，眼睛裂得大大的，仿佛一件受了约束而富有弹性的东西一下散弛开了，但当他正眼对着那个中年的管事时，他的头又随而掉开，冷冷的，他说：“我不会当儿子，你去给我娘当个儿子去。”

管事的暴跳起来，手掌拍在老瓜的面颊上。

“你是一条疯狗，你……你……你偷了死牛吃，你嘴还会硬……”

“有埋在土里的也不把人吃。”

又是冷冷的一句。

“你在做梦，把你吃！这条牛是老牛，拖了二十年的车，有功劳，我把它当人待，给它一副全尸……你挖坟盗尸，你懂你犯的什么罪吗？……你吃死尸呀，比盗尸还要罪重……”

从灶房出来，老瓜坐在田塍上抱了膝头想。他以为这件事做得有点儿差，大概牛是应该得一副“全尸”，他在它腿子上割了一大块，所以它不甘心，要在梦里来追他。

“有功劳。”

父亲做了二十年的老灶工，他的尸首呢？——烂豆腐一块！

老瓜由不得心里纳闷。他觉得那拍在他面颊上的耳光，深深地陷到肉里去了。

三

老瓜的本名是梧子，在他弟弟死后才被赐名老瓜的。

这名字的意义是无力，是懦弱，甚至是憨痴，更由这而来的是讪笑，是揶揄。

在他十三岁的时候，一个起大风的夜晚，父亲因为到盐锅边上添水，煤烟和蒸汽使他的眼睛模糊了，于是失脚跌下滚腾着白色溶液的盐锅，煮死了。

就在他父亲埋葬的当天，他被他母亲牵引着，怯怯地送到一个戴玳瑁眼镜的人的面前。

“好啊，蛮干得像条小牯牛！看在他父亲分儿上，留下他吧。”

虽然他也说过不愿意，他怕这个地方，他母亲终究把他留下了。

他成了小工人。他也和别的许多生活在丁厂周围的若干人一样，无论怎么总免不掉要吃这碗“咸水饭”，逃也逃不脱！

起初的一两年，他一直不愿意留在丁厂。每次回家，他总被他母亲打着赶出来："你十多岁了，你给我走，除了这地方没有别的活路。"

好像是了解了母亲的心，他于是不再吵着要回家了。

像一棵生长在山野的植物，一旦被搬到没阳光、没温暖、冷气阴森的暗室去，它只有逐渐地枯萎下来。他完全改变了山野孩子的本性，他怕人，尤其怕那一排终年日夜不断翻着大白泡的热盐锅，他不敢自动地走拢去。

一个滑稽而可轻蔑的人！

没有一把两面开锋的"手插子"，不会打鸟枪，不敢赌，不敢逗引人家的小媳妇，没有扛二百斤重的原包煤的力气……配……配算丁厂的好匠工？

老瓜是顶不足算的一批当中尤其不足算的一个！

同情虽是不要求任何代价，可也并不是无故地可以浪费、施舍。老瓜像一只草索编成的柳条篮，载不住任何的汤和水！

火生的话："老瓜，吃哪一行饭，就要有哪一行本领，怎么你也要来吃这碗饭！看你那双脚杆，鸡骨头样……学你娘和弟弟，'走千家'去！"

对于别人对他的过分的揶揄，老瓜有时也许知道，不过他只叹口气，哼唱几声……完了。

他很像生来就为替别人汲盐水的，他看着牛把井底的盐水拖出地面，他就天天伸手把它放进地盆，又天天听着它走埋在地下的引筒里霍霍地流到坡下的盐灶上去，烧成大包的雪白的盐，于是他每月从管事的手里领取一元的工资，每天吃三顿盐泡菜下饭，于是汲盐水，饮食，吃、喝、困，这就是他的生活。

老瓜一直是这样地生活了下来，但又像不能这样生活下去。

于是老瓜的脸色变得更白了。老瓜的头也仿佛更长。老瓜走起路更是一飘一飘的像一个阴影。

全丁厂的人对老瓜愈冷淡，同时也是更留心。

一个冬天的早晨，老瓜睡在铺上被一只脚头踢醒了。说是山脚下一家庄稼人有急事要他去。原来是他的弟弟蜷曲成一团，像被主人抛弃了的野狗似的死在人家屋侧的稻草堆上了。那里落了雪，好在并不大，只菲薄的、晶莹的一层做了他的寿衣，主妇打早起来，无意中发现了，四处奔吼着，惊动了所有的地邻，把老瓜抓来……

“你好狠心呀！我和你没冤没仇，你叫我遭这么不吉利的事？……我是有儿有女的人，比不得你一个孤身的汉子……”

伸起鸡爪似的手抓搔着几乎遮住了他两眼的长头发，老瓜望了下尸身，对在淌着眼泪的女主人眨着眼睛不解似的说：“不是我叫他困在你这里的！”

女主人不生气，带着眼泪哭。众人在一阵哗笑之后，把屋主安慰好了，问老瓜：“你怎么安排他呢？”

“我埋他到土里。”

“不埋他到土里还埋他到云里吗？”

众人愈是笑了。老瓜不解似的望着众人。

那天夜里，老瓜在村店上喝了很多的酒，回去还和小三儿吵了嘴，第一次的吵嘴！有人断定这次的酒资是出在人家送给他弟弟装殓那套衣服上。送主把老瓜叫来：“你这么不要脸，连死人的衣服也要剥来吃的吗？”

老瓜并不加以分辩，含糊地道：“横顺你是送人情……”

“你弄清楚，我是送给死人的，不是送给你灌肠子的！”

“一个人背不动棺材……请了客。”

自从这事以后，老瓜更是成了丁厂一切人谈笑的对象。但这些对于老瓜像没有什么增加和损减。他依然是拿一元钱一月的工资，汲盐水，喝酒，困觉和拖起喉咙唱山歌。

不同的是他的名字改变了，还有就是上村店的次数更加多，并且时常去熟睡在坟地上。

对于老瓜到坟地上去的事在众人看来是一个谜。不是祭日，也不是节期，好好地跑去干什么呢？从没有人会相信他是怀了一番好心，怕风雨把泥土打崩了，野狗会把骨头拖出来在荒草上啃吃……总是以为他又缺了酒钱，想去等待一点儿意外的财喜：一条被狗掏掘出来的布带或者一件衣衫以及什么吧？

他的身后不时有人跟踪。跟踪的人带着一副笑脸。

“你来做什么？”

“来耍呀，来看你到底在做什么呀！”

老瓜不作声，抽身就走。从此以后他再不到坟山上去。

四

粉红色的天边松松地拥着深翠的山峦。山脚下河水闪着异样的波光，一波盖一波地向下流去。

一片广漠的田野连接着砂石河岸的另一面，乌鸦密麻地聚集，见有人来也不很惊慌，只略为飞起一下又飞集拢去了。

老瓜提了一只细蟹篮从一个田缝间钻出来，朝着上流河岸走去。

微微飘着披在额上的长发，和敞开挂在身上的短衫。天气并不热，然而他浑身全给汗湿透了，连眼睛也像有一点儿红。

不时似乎有所迟疑顾忌，不时又似乎在直向前走，他时时停下了脚步来观望。

这时田里的农人已经不在了，展在他前面的是渐渐入于阴暗中的山水，留在他身后的是一片田畴，点逗着鸦叫和下流湍急的滩水声。

退在他身后面的丁厂已听不见井上的辘轳和车盘声了，只有煤烟仍然显明地在天空中散漫着；然而浓黑一片，分不出是谁家灶房顶上冒出来的。

他相信这时，在这僻静的上河坝是不会有人的，但他却仿佛看见了一个黑影。

愈看愈分明，那个矮小的人简直是朝同一的方向走来呢。起初他有点儿生气，也有点儿慌乱，一想着手中的蟹篮他立地把态度放得异常的坦然了，他于是俯身在沙滩上，在垩石间，找寻起来。

手在不停地搬着石头，偶然看见一个蟹，他又不十分想伸手去捉，很久他只捉了一个蟹，一个极小的蟹。

黑影走近了，他装着不看见。但他已经认清楚来的是小三儿。

小三儿在同伴中还是和他比较好的一个。几天不见，他又像长高一头了。老瓜不由得又把身子立直。

“嗐，老瓜！你在这儿干什么？怎么一辞了工就不来看我们？”

“哦！——捉螃蟹！”

“捉得很多吧？”

“只一个。”

“噫，我不是老早就看见你下河坝来了吗？这半天才捉了一个！”看见旁边有一只蟹，他直跳起来，“哎哟，这不又是一只……呀！不止……一只，还有那边也有一只！”

小三儿连把三只都捉住投进篮去。

“天晓得你在捉蟹！看见了也不晓得捉啦！你在干什么……”

“那你来捉吧！”

老瓜把篮子往地上一掷。小三儿惊奇地看着他。他觉得老瓜今天有些变了。

“你发了疯吗？这么大的气……我头一次看见你发脾气呢！才出灶房几天你就变了脾气，嗐……”

大约又是一件值得报告的事吧，他蹦着走开了。他回头对老瓜说：“你哪里是敢捉螃蟹的人……咬手，出血，痛呀，哈哈……”

小三儿去后，老瓜向他背后摔了一个石头：“你这小鬼……你也是和他们一样的……”

老瓜继续朝前面走，丁厂的一切都愈隔愈远了。但一回头总还可以看见那煤烟，似乎它永远在追踪着，在监视着一个怀了毒心肠的人似的。

“你呀！”

老瓜向它挥了挥拳头，咬着牙说。走了两步，他又说：“你呀！”

这一拳打的不是烟了，烟里有一个戴玳瑁眼镜的人的脸，还有别种许多的脸全呈现在他的眼前，他又握了拳头，用力往地上一撒，仿佛这一大掌里是握住了无数的生命，一下把他们都投陷到极深的地底去了。

似乎真的做了那么一件大快人心的事，他虽是流了浑身的汗，但他不是辛劳，是称心。他感到口渴，他伏倒在河边上，连呷了几口，他又洗了一回脸。骤然的凉爽使他宁静了，他感觉到疲倦，他想休息。

他坐在一个石头上。是芦苇正茂的时节，一阵风把狭长叶片吹得飘来拂去，同时到处发出沙沙的声响。远处的滩水这时很带点儿哽咽的腔调，空虚，缥缈……他有些颓丧了。

“笑了吧，气是空的……”

照平常“气是空的”以下接着就是“皮锤子打上脸才是硬的”，于是马上想起皮锤，马上想起打在他面颊上的一掌。

无数的眼睛在他周围看得他怕，他嚯的一声又朝前面走。风迎面吹来，短衫披在两边，胸膛全部突出，老瓜这时有力气，有胆子，他人也仿佛高大了一点儿了。

愈往里走芦苇愈茂，整片河岸全给它们占据着，像这里只有它们了。

他立住一看，毫无所见，他有些失望起来。

“莫非我听错了？实在是靠在这儿的呀。”

他把手中的蟹篮向河心一掷，随即往芦苇深处钻了进去。随着大自然的一切，他也没入了黑暗。

一钻进芦苇的最深处，老瓜像遭了别人的暗算，心怦怦地跳着。

“完结哪！”

这地方除了收割芦苇的季节不会有人来，然而，那……竹竿呢？竹竿被人拿去了！那块大石头，石头下面藏着的斧和凿也被人拿去了！什么人看出了他的破绽？

一月半的工资，几年以来最后的一元半全花在这两件东西上，他要借着它们出口气，更要借着它们走到很远的地方去过砍山的生活！他痴呆地立在浅水里，手捧着沉重得直要往下坠的头。

一只庞大的盐船靠在距他丈多远的地方仿佛在讥笑他的失败。

“你怕我就会算了。”

他说着就去找“纤桩”，他把纤藤解开，身子朝船边凫去。

对于这只船，他是熟悉的，他认识它已经几年了，他知道里面每件东西，和知道他做工的井棚以及他瞎眼娘的山洞一样。他要到舱里去找斧凿。船舱里堆满着盐包，有整块，也有粉屑，大量的银钱啊！

“沉下水边可惜，今天等我来做笔生意。”

他狞笑着把搁在篷顶的篙竿取下来。篙竿的铁头点着碎石的河底，声音清脆，起初还很费力，等船一离岸，划到江心时，老瓜放下篙竿，蹲身在船头手把住舵让它自由地顺流急驶。

丁厂愈来愈远，芦苇滩也消逝得没一线踪影。月亮还是那一个：它照着湍流不息的江水，也照着煤烟不停的丁厂。丁厂现在对他是完了，可是……

“娘会哭的啊！——她吃什么呢……”

他感到一点儿酸楚同时有点儿踌躇。他知道他不能转去。不用讲，沙滩上已经集满了人，灯笼和火把……

“他们不会想到是我，老瓜敢做这样的事才怪啦！”

他觉得小三儿能够对人说出一点儿什么是最好，要不的话，他希望从斧凿的身上别人猜出是老瓜。

失了一载盐不算是小事，全丁厂为这事起了翻腾。管事先生成天地捧着江西小瓷壶在揣想：“不是江洋大盗也是江湖惯贼，本领不小呀!”

丁厂从此不走夜载，河岸上一断黑就没有行人，农人也提早收工；大盗的揣想使人对于老瓜的失踪全不注意。

过久了，也有人把这两件事合并拢来，于是老瓜的名字又重新挂在许多人的口上，老瓜的娘被叫来了。

“你儿子到哪儿去了?”

“我哪里晓得呀，我一家人尽是讨口命，他总又和他弟弟样死在草堆上了。”

“不是的吧!”

“怎么?”

“有人说上次的盐船是他放走的!”

“他敢做这样伤天害理的事，我不信。”

“你替他遮掩没有用，你倒是替他受点儿苦吧！……”

“怎么?”

“把你关起来，等你儿子来了就放你。”

“把我关起来?”

瞎子不住地翻动着两只被一层厚白膜包住的瞳子，手杖在地下探打什么，她像是在量度一件极重大的事。她忽然发笑了，笑得有点儿恶意。

“好的，那我就在你们这儿吧。”

管事先生忽然像受了侮辱般，脚头踢了瞎子一下，怒吼着说：“滚你的，你连受扣押的资格都没有……你们一家子……”

瞎子用手杖敲打土地，一步步地走出来，口里喃喃地说：“我们一家子，我们一家子……”

阿　　牛

一

小阿牛不再拿着鞭子赶车，他升做汲盐水的筒匠。

到秋天，他制了一身穿着，蓝布衫上又添了一件黑棉背心，崭新的，新衣不是娘做的，但别人总把他拉牵来和娘在一起。棉纱刺着肉皮，他发痒发躁，棉花像是两片硬石板，一直压到他的心。

他开始对他这利益并不大的升迁感到失悔，对管事何先生的提拔，也有些怀疑。

娘开烟馆，主顾并不少，然而别人单只提到何先生。想起何先生那一双从玳瑁眼镜框上看出来的眼光是隐隐告诉了他些什么暧昧。

“老狗……有一天要碰到我的手上！”

小阿牛怀恨别人，也怀恨何先生。新的工作只使他苦闷，那口深邃得近于神秘的井底他看来简直是一个怪物，好多次竹筒冒出井口，他忘了用手去接，他觉得那根筒有千斤重。

新来代替他的三子放开了两条牛在地上吃干草。口涎从嘴角上直流，牛蚊子在它们身上叮，把尾巴摇了几下，蚊子依然不飞开，牛起了震怒，使劲地摆着头。小阿牛觉得脸上飞来了几点冰凉的水点儿。

“瘟丧，你们也来欺负人！”

他拿着鞭子打牛，但两只太熟悉的、似乎亲昵的眼睛又使他软了劲。

三子只晓得贪玩耍，连牛草也不放，槽里数也数得清，就说多也只够垫地皮。

他一边把一捆草打散放进槽，一边咒着骂三子。

三子却怒吼着冲到他的面前。

“你也配骂人……全厂没指拇个大人是有你骂的，你忘了你是妖精的娃儿……我两个先伸起腰杆来比比看！”

这一天，小阿牛第一次伸手打人。

三子的妈妈在绩麻，听见风声赶来，站在盐井旁边跳骂了一顿，小阿牛又打了三子的妈妈。

同情落在三子的这一方面。

小阿牛和别人打架的次数越来越多，一次伤痕，长他一分爆性，他没一点儿好面相对人。他的眼里闪着怒火，脸上的肉纹似乎是向横着长。头发不顺地长在头上，已经好久没有剃了。

一提到这孩子，熬盐匠老王总是摇了头说：“这娃儿……简直是一条野牛，全不像他爸爸。哪一天总有人会剥掉他的皮！”

小阿牛的本名是梧子，自从他睁着一双黑溜溜的圆眼珠，一脚踏进他爸爸踏过多年的地方，一群脏手脏脚的人把他包围问长问短，他们说他模样有点儿像他爸爸，只是有点儿“牛”。于是一个人就说：父亲有老牯牛的外号，十年前滚下盐锅死了。叫他小阿牛，不出于恶意，是对他的纪念。

“他怎不应该有个好娃儿……唉！”

一个老实人遭了惨死，应该有个好后代，这是他的信念。但小阿牛完全没有好后代的形相。在替他扎伤口时，他说：“仔细你的皮，小阿牛……这是什么地方有你来把便宜占去的？”

小阿牛瞪着一双眼睛。

“你也是！你说我闹的？叫别人也说你的娘……”

在这样的话上，老王每每给阿牛窘住，依他，谁都有道理，谁也没道理。是非曲直他不知道怎么来分派。望望那一口庞大的盐锅，一个人的影子又在那里出现了。他顶怕和他像有一点儿什么关系的这影子，但愈怕他愈常见。抽了几口旱烟，他缓缓地说：“你总得想想你的爸爸！”

声音低微，沉滞，但撞痛了小阿牛的心。他只有在这时，在这一个老年人的跟前，他才稍为显得有点儿拘谨怯懦。

爸爸的印象在小阿牛的记忆中是模糊的。他只记得他是一个不说话的人，眼睛好像终年看着地，除此还有最后抬回家来煮烂了半截身子的他的尸首。

想想爸爸，想爸爸的什么呢？老王没有说得明白，小阿牛也不能自己去理解这太含糊的一句话，活在眼前，就管眼前，吃了亏总得还，这是小阿牛的想法。

“变了黄土的人，我管他！”

小阿牛默念着，随了一群伙伴，朝上山坡的路前进着。

月亮已经上山头了，每家盐灶顶上翻起煤烟，比白天更浓烈。

望着前面毗连一片，横亘在半山腰的井棚，他们立地感到了疲惫的侵袭。脚腿软软的，谁也不再说话了。煤层在脚下发出被拖曳的沙沙的声音。

路过林子，小阿牛似乎看见一点儿什么，他睖着眼，顿了一下，随即机警地把两个石头捡在手里。

“又见了什么鬼……”伙伴火生拦住他说，“接下夜班，不打主意早困觉，打架!”

勉强走上山坡，心总放不下。

凭什么他在丁厂有许多仇人？这些人又为了什么呢？

面颊上的伤痕，铁硬地生根在那里，老王替他扎在手腕上的一条破布，也还是湿腻腻的。一处伤，就是一个耻辱的痕迹。他咬着牙，脸上起了狞笑。他迷茫地愤怒着，他今夜再也不能够安静下来。各种不同的面相，讥讽的言语，清晰地、毫不遗漏地在他的记忆中展开。

小阿牛像挨近了一盆烈火，浑身焦灼得发烫。一手抓下披在肩上的背心，往地铺上一掷，顺眼望望，稻草在黑暗中变成根根的光刺。

紧了下腰带，他又走出草棚。他立在一棵杨树下，树已经开始在落叶。风一动，叶片轻轻地飘在他蓬散的头发上。

他仿佛又听见了呜呜的叫声，等他凝神再听时，又寂然了。他发了狠，他长伸了颈子，两手捧在嘴上，学着刚才听见的叫声，向山坡叫了几遍。

寂然。

草棚里燃起了灯火，豆一般大，遍山坡地闪动着。

牛鼓起大肚皮，笨重地拖着车盘团团转。“赶车”的拿着鞭子在它们后腿上用力追打，牛只快了两步，依旧缓慢下来。井口那一面，辘轳随着车盘的转动，把竹筒从几十丈深的井底往地面上曳，筒一出口，大半节伸进棚顶上的护竿，打水匠就用一只手抓住，揭开皮搭，让盐水往埋在地下的盆里倾，白泡沫略为翻倾，盐水由引筒流到山下盐灶去了。

筒重新放入井里，车盘疯狂地自由地转动着。

小阿牛起了厌恶，他觉得凡在他周围的都在讥笑他，甚至连那一动不动的山峰，也对他不怀好意。

渐渐地，他想到他的娘的布衫的确是穿得太整齐了。尤其是她扎了两条线花的围裙带垂在腰后一飘一拂的样子。有一次他亲眼见她给何先生送烟盒去，他牵着她的带子不放，娘为什么要脸红?

“老狗!”他伸出拳头在空中挥，遇不到抵抗，他又软软地缩回来了。心于是更闷，更沉重。

“小阿牛!”

月光下，一个人影在一丛矮树边上蠕动。那轮廓是太熟悉了，一着眼他就看出是谁，他想道：“来得正好，这老狗恶贯满盈了!”

“你今夜上不是接下夜班?”

来人走到他的跟前，大模大样地停下了。他的头向地下微侧着，他在看他那沾了点儿软泥的鞋。

“是。”

“那么你怎么到这时还不去困觉?”

“困的，困的。”

“灶上缺水烧，莫要误了班，你是刚提升起来的新手啊!”

来的已经仿佛不是他所切齿的何先生，小阿牛被习惯、被他平日威严的胁迫，他不知不觉地又恢复了一个井工、一个他的属下的态度。

等到何先生背了手走开时，他的感情马上变了，方才的恭顺油似的往他的怒火上浇，他像受了他所最轻蔑的敌人的践踏过后，带了屈辱和羞愧从泥泞中挣扎起来，何先生这时超过一切地苦恼着小阿牛。

井棚里的人声消沉了，偶然一两次鞭声还隐约可以听见。山坡下不见一个人影，十几个盐灶十几处点点的火光控制了丁厂的夜。

“鬼地方——嘿嘿，我也干得够了。”

说着，他回过头望着有他家的那一面，重重吁了一口气。

二

夜已经很深了，小阿牛还站在一幢小房的旁边。

他像浮在云头上，身子轻飘飘的，无定向，无主宰，他不知道他在做什么，也不知道他究竟为什么要跑到这地方来。

狗在远处叫，两声三声的，对面有人走来，他怕见人，迅急地隐在苇丛里。苇花落到脸上，立时被汗水沾着了。

人走过后，他重新走出来。

他觉得自己变得异常的衰弱、渺小，不论谁都似乎比他高强，连狗叫的声音也比他叫得有力。

眼睛落在靠竹林的房顶，他感到一种凄惶：家，家，家，里面住着他的娘，包含着那些鬼七鬼八的物事！

说到家，十天里他很少有一次回去，娘活娘的，他不拿半粒米粮回家，娘也从不管他什么。然而一种不可解的力那么牢实地把他连系纠缠着，一直使他连脚步也踩不稳当。

“冲进去！”他伸手触着门，在心下想。门很薄，但他没有去推开它的力量，他几次伸手几次又把手缩回去。他听见里面来开门，他赶忙躲过一边，乘势他看见一张铺位上，烟灯正燃着。他的娘在和躺在对面的何先生打烟泡。

这情景今夜剪刀样地直穿进他的心。他忍不住了，顿然把门敲了几下。

“是你回来了，牛，牛。”

小阿牛的神色像告诉她一种不幸就要到来，她仓促间把还握在手里的烟签往包头上插。用力过大，头皮给刺痛了，她惊叫一声，揉着头喃喃地说：“我真发疯了！”

小阿牛转眼看着何先生。

“你不是接下班吗？”他若无其事地看着他的烟斗，慢慢地问道，“亏你娘开得好烟馆，时常拿牛皮膏子待客。”

“你给我滚出去！”

“什么话……你说什么？”何先生说着，气汹汹地站起来。

“我叫你给我滚出去！”

“你是什么东西，敢跑到我面前来发牛脾气？我认不得你，我是拿了钱来吹烟，——我是买，她是卖。怎样，怎样……你说！”

“偏不卖给你老狗吃，你又怎样！”

小阿牛一股气冲上去，他的娘隔在中间，他的一只手也被抱住了。

“求你老人家走，何管事。”她扭过头来张皇地说。

何先生鼻里哼了一声说：“走，也行，你把钱给我。”

“你没有把我钱。”

“哦……没有把你钱，刚才的两个银圆呢?”

想了一下，她恍然记起来，用下巴指指烟盘旁边的草席上。

“在那里，你自己拿去。”

“哼，你钱多，吃两杯烟就亮大银圆。”小阿牛咬着牙。

“啊，你问你自己的娘去。”一根手指点着鼻头，头在空中绕了几个圈子，他玩弄地说，“我姓何的就晓不得那许多了!”

“哎哟，何管事，你……”她叫一声，把封住阿牛膀臂的手松开了。

小阿牛并没有向何先生赶去，一腔怒气转过来向着娘。

“你听见的……”他颓然地坐在床沿上，手捧了头不作声。

烟膏味氤氲在屋子里，烟灯在粘满黑黄的玻璃罩里有时动有时静，照出了杂乱地躺在它周围的烟具。

“呃，疯头疯脑。”半天，她才叹息着说，“全不想想这些人有你打的!”

一句话惹动了小阿牛。

“那个算是人！我打狗！是狗我就拿脚头踢！我打狗干你什么事？哦，我懒得说……”

“懒得说什么?”

“我怕你害丑。”

“我做了什么没脸的事，你讲!”她昂着头，把指头戳在他的额上。

“你硬要听。”他偏头，大睁眼睛问。

“你讲嘛。”

“讲不出……我……”他站起来，想去开门。

“你……你！”

“放我走，我要回井口去接班。”

“不讲清楚，我是不放你踏过这道门槛的。”

娘也不像娘了，她完全失去平时的温蔼，仿佛在她面前的不是小阿牛，不是梧子，是侵犯她、伤害她的仇人。

“再说你当儿子的也不该管我。”

在这一句话，她的声音骤然降低了，像是受了压榨，竭力吐出来似的。

“我管你。你不拉扯到我我就不管你。”

“这就怪事啦，你在车边当你的筒匠，我在车边开我的烟馆，我又拉扯了你，我也不是今天才来卖烟，卖烟把你养大，偏偏你就这件事来怪我。是呀，人大面大，你要顾脸面了，我呢，我就活该喝清风度日子？”

“没瞎扯，我不是说你开烟馆。”

“那么，我做了啥事？”

“你自己明白。”脚重重地在地上跺了一下，“要我讲我就讲，你不该见了男人就要，连那一条老狗……我也是一个男儿汉啊！”

像座高山直向她崩过去，他不知道那股子力气就一头顶过去，冲在她的胸上，她后退两步，墙壁支住她的身子。指了门，她软弱地说：“你给我走出去，我不要你这样一个儿子了。”

“你要不把这生意收起来，我死也不做你的儿子了。”

三

一层寒露洒下来，月亮正在天中，清润饱满，照彻了天地。

一个孤零的人影，一直在工厂和小村之间晃了许久，像是迷失路途似的。猛一抬头，才惊惶地脚不停留朝前奔去。

“你跑到什么地方去？来，小阿牛，再有三筒就归你来接班了。”

火生正把空筒放下井去，朝他说。

小阿牛躲在牛槽旁边的地铺上，尽力想把眼皮合上来，但他总没有困得过去。

井棚外火光熊熊，竹竿噼啪地爆声，赶车忙着烫饭打尖，脸给火照得通红。火生又哼起他的山歌，快交班，他高兴。

“起来吃呀，有三筒就该你接班了。”

他不贪吃那一碗时常有石沙磕牙齿的开水饭。他只需要睡眠，三筒也好，总可以睡一会子。

刚闭上眼，他觉得脸上被一片温软湿漉漉的东西舐着。他知道又是那条因下坡伤了腿、在槽上休息的老牛。

“鬼，大头鬼。”翻过身子打算再困，可是火生已经下班了。

外边似乎有脚步响，以为是查夜的来了，火生把靠壁的灯取来挂在木柱上，担心有什么差错。等人走近来，三个人都失笑了。

“是你，小婆娘，把老子们骇了一跳。”

她放下了横排着的土罐，同时拿出六个鸡蛋带笑地说：“请你们打个尖……讨担盐水腌几窝菜吃。”

妇女的脸色青里带黄，鼻涕流到口唇上。一见她这仓皇不安的神色，小阿牛搓着手，他说："要挑就赶快。"

赶车走到棚外去望风，没动静，三个人全放了心，有趣地望着她把一只罐装满再装第二只。

"把你的蛋拿去，我们粗口吃不来细货。"

妇人有些不安，但她已经伸手来接蛋。

"哼！"一个震雷的声音从天空落下来。他刚才躲在哪里的？每个人都感到昏眩，一动不动地都成了塑像。

何先生背了手，绸面的薄棉袍在他身上起着细柔的波纹。看着妇人，他说："不觉得辛苦吗？呀，夜半三更来挑盐水！"

妇人避开轻薄的注视，血在身上汹涌，但她不敢发怒。

小阿牛老早明了他将有一个怎样的将来，他屏着气息等待，态度反而宁静得很。何先生只瞟了他一下，又看着妇人。

"还不放下挑子吗？"

轻轻一举脚尖，瓦罐侧在地上，盐水流了满地。

"哎呀！你怎么倒了我的盐水？"妇人像保婴儿样，用全身去掩护她的另一个罐子。

"是你的盐水？"

又一脚头把罐子从她怀里踢掉下来，罐子发着撕破的响声，打破了盐水流出来，她怯懦地吼着去牵何先生的衣服。

"你好凶呀，你有倒地上的也不肯给我们吃……赔我的罐子，赔我罐子……我是三十个红苕换来的东西呀……妈……天！"

到底她惧怕抽在皮肉上的皮鞭，和穿着黄短衫的局卡上的人们，她听见有人说过盐是"国税"，一点一滴合"归公"。

凡事一沾到"国"总不大好惹。

“是哪一个私下去卖盐水?”

“我……”等刚要冲出口，小阿牛觉得不妥，立地又咽了回去，明明是送，怎么他会说是卖?根本没有看到一个小钱。

见没有人答应就指着赶车问。

“是你?”

摇摇头。

“是你?”

摇摇头。

最后指着小阿牛。

“那么自然是你了!”

小阿牛不作声，于是何先生又说:“好，明天到柜上来看我。”

两个伙伴惊奇地盯住他，小阿牛只不理睬。

“你莫非是痰迷了窍?什么东西塞住你的嘴，你就开不得腔?”

何先生走了，他们围住小阿牛斥责他说。

“我开口说什么呢?”

“说不是你卖的，就是承认送她也比你不开腔好办。”

“横顺是一样……你们不晓得……”

一打早，老王就来了。小阿牛还躺在铺上呼呼地睡得正好。天啊，这是什么时候，这呆子真的就没有长一颗心?小阿牛的两道浓眉舒坦地横在紧闭着的眼睑上，当中是根正直的鼻梁。从相貌看不出他一丝破败来，然而他那性情，好爸爸偏没生好儿子——自己也正是一个盐工匠。

一种立在同样的生活立场上的同情刺激了他，他打了一个寒噤，他要把这不解事的孩子的命运担当起来。人已将老了，然而这力量他还有，他轻轻地在小阿牛身上拍了几下。

“起来呀，牛，牛。”

用劝导，用温情，他叫小阿牛必须向何先生求情，依他的推断，他没有一点儿要为难他的心。说说好话，又不费本钱，算得什么回事！

但小阿牛竭力地把头摇着：“我不去，我不去，他就不辞我，我也懒得干。”

“为了什么呢？”

“为……哦，算了，你走你的……横顺我心里明白。”

“你的心是糊涂的呀，娃儿！”

四

“唉，老哥，认真就要硬干吗？”

“我哪里晓得，上头叫我怎么做就怎么做。”

管山说着就用两手拉拉手里的一根粗绳，绳子很牢实，虽然在他手上用过多年，拴了不少的人，丝毫没有损害，只多少有点儿污印，那不知是哪个血肉弄脏了的。他昂着头走进井棚，一把六七寸长两面开锋的手插子在他腰际摇摆，他的眼睛警觉地向四下瞭望。他明知对于这回事用不着过分地提防，但他历来习惯了。

老王失望地仰头望着天空，天也顿时暗淡了，灰蒙蒙地正奔骤着雨云。他竭力地闭住嘴，唾沫一口赶一口地往肚里吞。眼泪算是被他抑住了。

二十年在丁厂，这类事看过多少次，他也和别人一样，听见哭声打开笑脸。这一回他总觉得有块铁梗在他的心上，他消化不下它。

他又折身走回去。

车棚里，火生和三子站在管山旁边，阴沉着脸，管山笑吟吟地说：“你来看，这呆子！亏他困得着！”

小阿牛躺在地铺上，呼呼地睡得正好，牛在旁边不断地嘘气，时时用湿漉漉的舌头去拖他身下的稻草。

“你把他叫醒来吧，哥老倌，下半天幺店里等你喝烧酒。”

老王逃窜似的边说就边走。

他没听见身后有叫声，他觉得走开得不妥当，小阿牛也有一把气力，要和管山作对，事情不就更糟了！

他在小阿牛脚上重重地踢了一脚头。

“死猪，困觉啊，你……”

“哎哟！”小阿牛睁开眼睛，第一眼就看见管山。赤裸着半身，他忙迫地站起来，身子冻得不住地发抖。

“穿起你的衣裳呀，呆子，呸！”

一口浓唾沫向他吐过去，见他找不着衣服，老王又把揉在脚下的一大团东西替他踢过去。

“穿呀，二十年的粮食，白白叫你吃了。你干的好事，你哪里是个人！”

“你不要臊他！”管山拦住老王，向小阿牛说，“体面些吧，自己伸手过来。”

小阿牛是出乎意外地纯善，伸出手，面上没有一点儿表情。

“走回灶房。”管山说。

“回灶房？”小阿牛肘开管山说，“要打要罚随你的便，我只不回去。”

“由得你！未必不到时候就要我来动手吗?”

儿子打母亲的消息立刻传遍了丁厂，井上匠工有放下手的，就伸了头在井棚外面望。喊喊喳喳大声谈论着，批评着。山下，农人放了锄耙，好奇地立在那里望，觉得太远了，他们又蜂群似的拥上来。

何管事已经立在台阶上，叫挡住众人，他伸着脖子严正地对这些人说：“你们也应该来看看这个忤逆的儿子，莫拿他做榜样，人不知孝顺父母总不会有好下场的。”

管山走到他面前。

“人带来了，管事。”

“带他上来。”

人立在他的面前，但他露出不愿意和小阿牛对面说话的样子，他对管山说：“问他该不该打他的娘。”

“管事问你，叫你说呀!”

“叫他说!”何先生急躁地说。

“叫你说呀，什么东西塞住你的嘴巴?”

他不作一声，老王恭敬地走上去，搓揉着手，结巴地说：“自己做错事，还有啥说场，求何管事看在本灶上工匠的情分上，从轻发……发落。”

“不关你事，给我走开去!”

小阿牛始终没有一句话，头也是始终埋着。

忽然一阵骚动，人丛中走出来小阿牛的娘。头上的蓝包头比往常要扎得低，衣裤上还有黄泥，大家心想或许是带了伤，她远远喊着儿子的名字，几十双眼睛全落在她的一举一动上，给她一个无声的回答。

“怎么认真把他拴起了呀？天！”她奔过去想解阿牛的绳子。

从天上给老王一个帮手，一个救星。

“好了，好了，”他喘息地说，“娘母家，有什么大不了，儿子不好，自己领回家去管教，打骂全有道理……”

“难为你哪，何管事，你替我管儿子，难为你们，我来带他回去教管，没爸爸，惯放了……”

管山气呼呼地把她推到一边，用眼观望何管事，何管事大喊叫着说：“哪个有工夫来替你管什么儿子！他是我灶上的工匠，打母亲算是犯国法，轻则得照厂规办理，重则送县，现在的事和你不相干，你知趣就给我走出去。”

从何先生的脸色看，她知道事情不大好，然而又不是外人，恳求总是不碍事的吧，她转成哀求的口吻，然而没有用。

女人也泼辣，接连几次被管山拖开，使她动了气，把两手叉在腰上，蹬着双小脚，对那群人理直气壮地说：“请你们说句公道看看，我自己亲生的儿子，我倒管不着，倒要别人来管闲事，挨打是我，痛也是我，我是他的娘，他是我生的蛋，我甘愿给他打，你们又怎么样？‘清官不理家务事’，我偏不叫你来管，开口厂规，闭口厂规，我管不着你们这些混账事，除非我牛牛犯了偷，犯了盗……不放他，我同你拼老命！来，来……”

不等她向何先生扑，就被一只手紧紧抓住，小阿牛这时想说话，一个声音又打断了。

“带起走，五十鞭，重重地给我打……泼妇，龟子。”

一部分人众簇拥着小阿牛向树林走，一部分围了他的号哭的娘。

老王翻着迷茫的眼，“这是怎么一回事呢?”

“我害了他……”妇人边哭着边说，“你们哪里晓得老牛皮裹包的是什么心? 一句话，挟嫌陷害，我明白，哦……我的牛，牛，我的儿子，你冤枉呀，天，五十鞭……五十鞭……这一下还有什么人啊!”

她陡地从地上立起来，向外面追了去，老王一把拖住她的臂膊。

“你去有什么用场，反倒多害他吃几鞭……就是一碗毒药我也劝你吞下去……日子长得很呢!”

他的眼睛有点儿模糊，喉咙仿佛给什么哽住了，连头也不回，大踏步朝盐灶那面走去。

她呆呆地站在那里，像是不知道该怎么办才好，像是听到阿牛的呼号，一声声像尖刀似的在她的心上划着。她的脚杆支持不住她的身子，颓然地又软瘫到地上。

地上的一角

一

是十二月的天气。刀样的风一股一股地往人身子上钻，把人都冻得要僵了！

老瓜身上还只穿一件薄棉背心，棉袄在两月前押了赌博账。说了不少的好话，好容易把何先生说得通了，答应再支一个月工钱。可是钱一到手，老瓜就又变了心肠，虽是坐在桌上，手里端的是一大碗热气腾腾的饭，身子却不住地发抖，比厨房里的几十个人都显得穷相。看来，取衣服是必须的；但是很久没有掷骰子了，莫非输了就不想“捞梢”？还有王家幺店子也多少日子没有“打照面”，别叫秋姑儿瞧不起！想着，想着，三碗饭就吞下了肚。手脚似乎活动了些，主意也同时打停当了。

这是洪兴灶起煤炭的日子，灶上告炭缺，管事何先生派人到下河去催载，于是炭帮上连夜开夜梢赶来三只大船的满载炭，一共有三四百包；从天亮起，到吃中饭还没有起完。

从大门外陆续进来的“脚子”弯腰驼背地往仓里走，身上、颈脖上、背上铺满了篓里落下来的细米，因为出汗多，不时要用手去揩，于是一个个全都绷着一张黑脸，不变的却只有两只眼睛。

“脚子”把炭倒进仓，捏着几个铜板，默默地又往外边走。经过大厨时，一股咸泡菜夹杂着白米干饭的香味直朝鼻孔扑来。他们由不得稍为缓慢了几步。

“人家吃午饭呢！”这样一想抵抗了半天的空肚子这时愈见饥饿，脚腿软软的、不大得劲的样子，眼睛不住要往桌上瞟。

正在吃饭的人本来觉不出菜饭的好味道，一见这种神情，似乎厨房里马上给什么东西带来了活气，天天嚼厌了的咸泡菜这时变得好吃多了，糙米饭也加了特别的滋味。大家狠命地咂着嘴，老瓜尤其吃得香。

“别人吃干饭，我家害饿痨！”老瓜眼瞅着那走出去的背影，拖长了声音手敲着桌边哼了这么一句。

“老瓜！”

老瓜本来想吃完饭找火生，却不想火生倒先叫他，心里一乐，他把面前的碗筷一掀，立起身来走到火生那桌。

“叫我做什么？是狠人就再来，还是老地方！”老瓜拍了拍装得有半块硬洋的衣袋说。

“噫！你倒先找上门来哪！你想多孝顺我几个钱过肥年吗？不怕死的尽管来，苦竹林大石头上等你！”

“不！王家幺店子！”

“也行！”

“哈！哈！已经冷得像个落水的抱鸡母了，还要赌钱！生成的

‘孤碌’命……”

“悄悄的！你们闹什么?”老瓜指了一下坐在柜房打算盘的何先生,“叫他听见了又会啰唆半天!”

说笑得许多人便也不再作声，各自分头上山坡去了。

老瓜开心得很，今天下午只打三十筒水便没有别的事，收早工！想起掷骰子更是心上开了大朵花。

老瓜把身子朝一个喂牛剩下来的乱草堆上倒，一群正在找野食的麻雀给他吓得“哄”地四散飞了。

“瘟丧！差一点儿吓死了我，你们这些小怪物!”老瓜手指着又停止在另一个草堆上的麻雀骂道。

冬天午后的阳光也还有一丝儿热气，老瓜安适地躺在草堆上，望着从各家盐灶房吃了饭上坡的人，心里有说不出的快活，照例地他又哼着唱惯了的山歌：

一树皂角千条刺，
一条刺儿一条尖，
尖尖锥在心口上，
想起当年事千万；
菜子花开香又香，
遍山遍野遍地黄。

“唱大声些哟，老瓜哥!”

老瓜一见是二爷，满面堆着笑容和二爷打招呼：“哪里去呀，二爷?”

“灶房里找何先生。”

“何先生不在哪。”

“我也要去呢！……等等，水还没有打起来！”

二爷含笑独自走了。

不到多久，老瓜在王家幺店上碰见二爷，可是火生没有到。老瓜见二爷在和六老师还有几个种田人热闹地扯着闲话，便不去打搅他们，找了一个角儿坐下，一心只等火生来到。

老瓜渐渐等得不耐烦了，依然不见火生的踪影，心里火辣辣的，手痒得有点儿发慌。看见六老师坐在对面满不在乎地喝一杯高粱酒又一杯高粱酒，接连两三次，起码是四两酒没有事了。

老瓜又替六老师可惜，却又羡慕他那大方的神气。老瓜觉得每次秋姑儿指开沙包的时候，总要拿眼睛瞟他，秋姑儿已经是四十岁的女人了，莫非对着一个不满二十岁的小伙子起了什么心？那明明是在暗笑他“今天白坐板凳，不照顾二两酒吗？看，人家又叫酒哪！”

老瓜本来不愿意单为喝酒打开银圆，但是心里一横就随口叫道：“秋姑儿，给我也来二两酒！”

声音叫得非常有劲，对面那些人通通抬起头来看他。二爷这时才发现老瓜一个人在角儿上，他把板凳让一截出来：“一块儿坐呀！老瓜哥！”

老瓜挨了过去。六老师正看也不看他，眼睛一眨一眨的，嘴里叽咕着，老瓜听不出他在说什么，看他脸是红红的，显然有几分生气也有几分醉了。

“哼！我讲事大事小莫非前定，哪怕你人再能干，总打不出天老爷的手板心！哼！哼！不相信风水，说这个话的人简直是条猪……像他们灶户，要不是丁厂的地好会赚钱吗？我看了许久，他们的阴宅阳宅都不错，难怪他们家家发！他们发就只有你们倒灶了，难道个个都发财？不多心，我说一句话：你们都是白辛苦……唉！天机呀，这是天机！你们不懂得什么……”

六老师用手理着几根稀疏的八字胡，一摆一摇地坐在长凳上，还想往下说，忽然他的两只眼睛直瞪着丁厂那一面，神气很正经。

于是，正听得出神的人也把脑袋伸长了望去，但他们实在看不出什么新奇的东西，照常是两条牛在车室里赶着车盘转，井口上是高低不一的引竿，小麻雀在扯引竿的纤藤上飞来飞去，看来只像能活动的黑点儿，至于那给山峰包围在坳里的十多家灶户则连影儿也没露，哦，还有，便是那一条通二里外大河的小路了。

六老师看什么东西，他们始终没有弄明白，还是二爷开口问他道：“你看见什么，六老师？”

“山嘴上好像有点儿煞气，不晓得又是哪家人犯克！”

六老师庄严地说，眼睛合着，动也不动，现出很担心的样子。二爷心里一跳，连忙问：“请你老人家看看我家会不会？”

“你倒还好！路隔了两里多，克不到你身上。你老伴儿的阴地包管没错，我六老师当了五十年阴阳，未必还有差？老实说，你的阳宅倒不大好，停一停替你打主意，把大门换个方向！”

二爷感激得了不得，赶忙替六老师会了钞。

老瓜不大留心六老师的话，他根本只是个光身子！怕什么！

火生仍旧没有来，老瓜就同着二爷走了。他安排着去找火生出气。

“小伙子家总是火气大，今天赌不成又有明天，这算得什么！”二爷说着拍了一下老瓜的肩头，含笑走了出去。

北风一直把他送过梁子。夜来了。

二

二爷在镇上认下口案卖盐已有两年光景了。他在十天中，只有两天在家里帮着儿子长发做些田里的事，剩下八天都是轮流地在几个场镇上奔跑。

这是一个逢三的日子，是逢“邱家沱”的场期。

四下里还是静悄悄的。晓色并不因为鸡声的催促，就冲破黑暗出现在正期待着光明的那些人们的眼前。

但是照例地，在这一天，二爷起得更要早一些。他睁开眼睛望了望对面的牛肋巴窗子，那里依旧是黑黑的，并不曾从那堵土墙上现出一丝儿区别来。可是，他计算着到场上九里多路的路程得要多少时光，就他做了五十几年老农夫的经验，他可以断定这是什么时候了。他毫不迟疑地从被窝里抽身坐了起来；在床的那一头，他摸着他那件家机布的厚棉袄。一面用他那两只在一层薄皮下伏满着蚯蚓似的筋络的、略略颤抖的手捆着腰带，一面拖着两片鞋嗒嗒嗒地走出了原是仓房现在却作了他的睡处的房子。当他走过他的儿媳的屋子旁边时，他重重地咳嗽了一声。他担心着二姐在夜里纺纱睡晏了，说不定会迟了烧早饭，这样，可以叫她省悟得：“时候不早了，爷爷都起来啰！”

他默默地走上打麦场。那是一个长方形铺上三合土的、在他家里算是重要的地方。边缘上栽着十来棵枝叶茂盛的橘树。正是橘红的时节。

空气是寒冷的，也是新鲜的。一股夹杂着草木香味、粪气、霉湿气和土气的寒气朝着颜面上扑来，他微微打了一个寒噤，但马上，刚才从睡眠中带来的些微的倦意已经不知消退到哪里去了！他搓了搓手，在脸上又摸擦了几下，人就好像精神了许多，连那略向前弓着的背也伸直了一些。

他忘记了已经在他心上长了锈、而那锈很快地就要腐烂他整个心的、钉在心上的拔不去的忧虑的钉子。他感觉到从来没有过的舒适。他空空洞洞地直望着前面。

东方上渐渐打开了亮口。他望着，望着，眨一个眼似乎光亮就添一分，黑暗也退一分，于是远近的景物又渐渐地现出它们本来的面目来。山脚下，埋在大竹林里的黄土墙瓦房，从顶上冒出软绵绵的、青白色的炊烟，接连地旁边几个人家也都有了烟子。天是大亮了，可是阴沉沉的，像是一个要落雨的天。一片欲上不上、欲下不下、飘浮不定的白雾，和着那些比较沉重的烟子搅在一起，愈集愈多，也愈浓厚，于是这一个小村子不到多时，就显得模糊起来了。

他掉过头，对着他的屋顶瞟了一眼，他放下了心，他只有等待那叫吃饭的声音了。

忽然，从橘树的肥绿的叶层里滴下几颗露水，冰凉地正打在他的脖子上，他轻轻地拭了去，由不得举起昏花的、怜爱的眼光看着上面垂着的大颗大颗的鲜红的甜橘，心里充满了就像在几年前眼看见黄澄澄的谷子堆在仓里那样的喜悦。可是，一想到每年下乡来收买果子的那个油黑脸，在递给他两只“袁头”[1] 时所说的几句话，心里就又冷了半截，“哪！这算是定钱，过两天就来下货！”而且就从这天起，为了要看守他的货，油黑脸就借住在他堆柴草的房子里，想来这时还在打着呼鼾吧！

他也和别的农人一样，把每一块泥土看作黄金般贵重，赔上许多辛苦，然后从土里生出来的东西就是性命。自己种来自己吃喝是应该的事，若是连自己都莫吃，拿来卖给别人家，那是丢脸！那是对不住儿孙。

他在这几年里丢的脸的确不少呢，才真对不起儿孙！别的不用说了，单是这几个果子，小小的东西，他都不能够替他们保守着！他没精打采地又呆呆地望着那些橘树，恍惚间它们都变成了嫩弱的小苗，稻草扎着泥篼，倒放在打麦场的边上，一个中年人正用一个鸦嘴锄狠命地在打窝，丁丁这时和三儿一样不满六岁，梳着一条偏毛搭儿，两个小腿叉在地上。手扶着树苗，帮他爸爸栽树呢！爸爸用锄背掘上来的泥土又往窝子里盖，口里不住地说：“好生呀！要摆得端……要摆得端哪，丁丁！”等到水浇好了，丁丁便挨一挨二地数过去：一、二、三，多呢，一共十四棵！

苗子刚才下土，丁丁马上就想橘子吃，爸爸拖着锄头要到田里去，他却牵着他的衣裳问：“几时才有橘子吃呀，爸爸？”爸爸伸起一只手掌：“五六年！”

果然，在第五年的冬天上橘树开始“试花”结了几个果；第二年就收成了几大篼！橘子摘来堆在房角上，谁都有得吃。路隔二三十里的亲戚家孩子，因为这里的橘熟，特地老远跑了来，争着拣大

---

[1] 银圆。

的红的，吃够了，走的时候还牵起围裙兜满一衣兜，然后又打打闹闹、欢天喜地地走回去。

这时丁丁在旁边，眼见他们不久就会把橘子抢得精光，心里老实要哭了，可是爸爸没有理他，还满脸是笑地劝人家多带几颗呢!

“妈呀!”丁丁牵着妈妈的衣角，躲在后面。

妈妈摸摸丁丁的头说：“莫响……看惹爸爸生气。”

爸爸懂得丁丁心疼橘子，便对丁丁说：“东西是要打伙吃才香呢，小家小样像什么！来！尽管拿些去呀!”

这一夜丁丁放了一床的橘子。丁丁本来同妈妈睡觉，夜里妈妈翻身，压破了好几颗，汁水打湿了妈妈的衣裤。

爸爸不止是几颗橘子肯分给大家吃，就是谷米一类的东西，只要有人求过，也都肯三升五升地从手里拿出来。虽是地下落了一颗饭，还捡起来放进口里。这些事看在丁丁眼里，后来等到丁丁当家为人，一直到人家叫他二爷的时候，还是学着爸爸的榜样，爸爸自然讨了不少的好，可也从来没有人说过丁丁的坏话!

六十年是不知不觉地过去了。在二爷满六十花甲的第二年，日子就一天比一天难熬了，算来是儿子长发不及丁丁享福，恐怕三儿又赶不上他的爸爸呢!

可不是，三儿今年还六岁不满就连橘子也都没有得吃了！看他天天眼巴巴地望着这许多个把枝子都快坠掉了的果子流口水，真叫人心痛。有时实在看不过眼了，二姐总是“啪啪”地两个耳光把三儿打进去。真冤呀！哪个小娃家不贪嘴，自己在年轻的时候，炒香豆、苞谷花根本就没有离过口，三儿吃了些什么来……

二爷想趁那个黑脸大汉睡着时，偷偷弄几个橘子给三儿，但一想起三儿挨打时那个黑脸大汉笑嘻嘻地走拢来，递两个橘子给他，三儿接过手，说一声他妈才教会的“多谢哪！”就手都抖起来了。

“哼，自己的东西叫你来做人情！哼！不吃又怎么！”

二爷放下手，恨极了，他想不起卖了的十二亩水田，押了债的青枫坡，他只看得见摆在眼前的橘子，他觉得别人抢走了他的东西。抢人的不是别一个，就是睡在他家里的那个黑脸大汉。他真想咬他几口！

“饭好哪，爷爷！”

应着声音，二爷没精打采地走进去。路过柴房时，他瞟了那个果贩子一眼，样子真讨厌，出气活像一口睡着了的肥猪！

但他终归没有说一句话，柴房当中一个庞大的物件使他由不得站住脚。那是一具高高支在两个三脚架上，用破蓑衣谨慎地盖覆着的，漆了七个“生”的十年前做的他的寿木。他揭起一角来，里面现出黑油油的一片光彩，他的手在那上面拂拭了一回，然后才走进房去。

红山芋和着粗麦粉煮成的早饭已经滚热地放在桌上。二姐拿着碗正从厨房出来。三儿跟在他妈的后面，手里捏着一大把竹筷。

“爷爷！妈说张爷爷的牛死了，要给我买一斤肉吃呢！”三儿用筷指着二爷的鼻尖，偏着头，很欢喜的样子。

“三儿乱说呢，张爷爷的牛不会死的！”

“难说哪，爷爷！前几天秃子说他的牛不大吃草，来向我讨了些盐和生姜，给它洗了一个嘴，看看松了些，哪晓得昨天就不会嚼了。秃子到场上去赶牛太医，人还没有到，牛就困槽了。我的天！……你看它一身热得冒火，秃子在塘里打湿了几条麻布口袋给它铺在身上，一忽儿又热了，连换几次都是滚烫的。太医来放了两针血。血呀，就像熟登了的桑果儿，又紫又黑，他没说会好或是不会好，开了一张药方就走了。张爷爷知道事情不大对，打算今天趁活的宰了，容易卖些。……爷爷你说啊，畜生病了也跟人一样，看它上气不接下气地喘，两个眼睛鼓挺爆绽地死死盯住人，哪晓得人也救不了它！”

“哦！”

二爷沉着脸望着长发。长发没有说什么，吃完饭坐在矮凳上修理松了把子的锄头。他是一向不大说话、只是埋着头做死活路的人，这一点很像他死了的妈妈。

“长发！张爷这几天没向你说什么话？”

“向我说了好多回哪，他那三十块钱一定在年底前收。他的牛死了不是更要钱！真是逼坏人！还有，还有欠猴子的空仓债也是难拖的！”

“我可打不出眼子采啰！”

“而今只有这一法子：去向洪兴灶的何管事商量，求他赊几个盐的账，抽出点儿来安顿自己的债，欠灶房的又来前搭后地还。横顺给他担满那缸水算事。”

“哪个生意人不比猴儿奸，这些过场别人已经做过了，他们还肯再上当？听说从这一场起头，出盐的规矩要变过，厘金也要提高两块钱，事情还不晓得是怎么样的呢！”

“涨厘金干你啥事？水涨船高，横顺不是叫你出钱，你去试了再说，如今的人哪一个不是吃一节剥一节！”

长发一向不声不响，可是，说出来的话多少总是有斤两，不要看他止得二十三岁的小伙子，多少成年人还赶他不上呢！再说，实在也想不出别的办法来。

二爷不作声，心里却已经打定主意，试碰一碰看。

三

天上落着细雨。二爷挑着一担箩筐，很吃力地翻过梁子，走上了下坡路。这里隔聚集着十多家灶户的丁厂还有一里来路程。太子楼上的浓黑的煤烟都已远远可以看见。雨越下越大了。他脚上的草鞋又脱了绺，并且粘上两饼厚重的黄泥，踩在给雨洗光滑了的石子路上险些儿把他滑倒。幸而他站得很稳！他躲入一棵伞似的黄桷树下，蹲下身子，剔去泥土，重新拴上耳子，然后才转上一条铺炭渣的小路。这条小路是专为来往的“脚子”走的。在晴天走起来总是瑟瑟地响，还扑起许多呛人的灰尘。在雨天却给走路的人以平稳的安慰。

二爷对于丁厂向来是不怀好感的。他忘不掉教过几年书而且是阴阳的六老师，在王家幺店上吃着豆腐干下烧酒时说的：“无怪乎当灶户的发财，好风水全拿给他们占去了！像你们这些人总有一天要着灶户老爷挤干的呢！哼！你们要想上红运，除非是龙脉转过来的那时节，那么在那一天……天机不可泄露！不可以说的，不可以说的！我教你们，你们看见没有？看凡是挨近丁厂的田土，哪一亩地不现出枯色，哪一根树不蒙上一层黑黑的霜，对呀！那就是了！我眼睛里还看见有很多的东西呢，但不能对你们说！总之他们越发，你们就越败！记着我六老师的话！”

二爷有时也看见他家还不上三年，由自耕自种的人家变成别人的佃户，现在租下的八亩地，押租总共不过二百元，合共算来，他的家产上有一院破老的五间草屋、十六棵橘树，和二百元的押租。但他欠猴子的空仓就有五十元，秃子的三十元！但是丁厂的灶户呢？在这两年里哪一家灶户不是成千成万地赚了？单是他买盐的洪兴灶就是眼睁睁地看见那里由三口锅涨到五口！十七个火变成六个口子的双灶。两口新打的井眼下了六次竹，用去的钱怕不可以打个银娃娃？不赚钱做得起新井吗？

他相信六老师的话是真的，但他却希望那不要应在他家。原因他是住在梁子那一边的山脚下，少说点儿隔丁厂还有四里路呢！他明明死了他的“贤德”的妻子，这怕与丁厂的气运没有什么相干！

“管他呢！什么都有个定数，未必人还斗得过天？且等把账还清了再慢慢儿来挣——皇天不负苦心人！”

他这样一想，心里就像落下一个石头，脸上也现出不常见到的笑容，安舒地走上洪兴灶的石梯子。

四

“不行！不行！取消了敷水我们还赚什么？这样受气的事，盐贩子吃不消！”

“滚他三十三，吃这碗饭比当龟儿子还‘恼火’！老子们是将本求利呀……来一回又一回！娘哟！”

“算了吧，依还回家拿锄头，‘咱们’也还有几担红苕啃呢，不卖盐总不会饿死。”

“真的，要他娘一回，他要取消敷水大家不卖盐，看这些王八蛋还国税不国税，公事不公事……饿死这些狗！”

“什么公事？还不是这一群小狗儿想开活，你试塞他几块大袁头，请他在段掌柜烟馆上敬他几盒清膏，再喊八妹来开两口，看他又是啥鬼脸？哼！好东西！瞒得过我？”

“老子有钱给他，倒不来当盐贩子，来受他的气哪！”

“毛钱也不赏他一个……老实讲！看他拖我去见官？这些人！一不偷，二不盗，三不犯王法！怕啰！”

洪兴灶的柜房里这时正黑压压地挤满了一屋子人，麻雀闹林似的嘈杂着，谁也分辨不出话是谁说的。管事何先生背靠住放银单的小长桌，伸起长指甲的尖手，捧着一把江西瓷茶壶取暖。他冷冷地望着这一大伙人，但他的眼睛不时往对面的盐仓瞟。叮叮的砍盐声正不断地从那里发出来。口不说心是急的。小徒弟国权很懂规矩地站在何先生旁边，照平时一样地等着收钱。

当他掉过头来时，恰巧二爷正踏进柜房的门槛。

“今天来迟哪，二爷？”

何先生向来对这一直买他的盐的买主格外的殷勤。

一时的寂静。闹声给二爷打断了，但马上又继续起来。

“是呀，天落雨，何先生。”

二爷说着，身子往人堆里挤，他站在屋角里，呆呆地看着这些红涨了的脸孔，心不住地跳动。他觉得今天的事有点儿糟！尤其是对他一个人——他有事要同何先生商量呢！

“何先生，包子装好了，一共十七个巴，九个花，等你看够不够。”

熬盐匠老周手里捏住一把砍盐刀，站在盐仓门口问何先生。他的身上溅满了盐，脸上和腿上的煤烟还没有洗去。

“叫你不要着急，今天他们买不买还说不定呢，你通通把盐装好，等到不买了的时候，不是又要费事！场上来了通知，明天要来出盐！”

何先生一半是责备老周，一半也是暗示买盐的人。但是老周以他伤了他，便很生气地对着小伙子宝兴：“你儿公子真难‘打整’！我有事呢，老是等你们吗？又不是小旦出台口腻呀腻呀的！”

“滚开！没有你说话的地方，你爷爷要挣钱吃饭，要供你们娘儿母子……像你，只晓得一个月拿块半袁头？娘哟！看你大冬天还只穿一件破背心，真造孽！”

盐贩知道老周向来和宝兴开惯了玩笑，便不去理他，依然吵闹着。

“算了！你们这样一家一句地吵，闹到天黑也弄不清楚，对我说也没有办法。取消敷水并非是灶户的意思，灶户未必就不想你们多赚一点儿钱？况且灶户也不过奉到公事，转告你们各位盐商一声。你们既不高兴，只有到公垣去同公事人商量去。我再说一句话，你们就明白了：只要来了公事没取消前文，那么，照往常的斤两来给你们，哎，对吗？这总不是我们挖苦你们吧！”

一时哑静。数十只眼睛互相瞟了一回。

“何先生说了半天还是往公事身上推……哼……这顶大帽子！”

马上何先生的脸变了紫色，声音也沙哑了：“那么随你们！老周，把盐仓关上，今天不、不、不出盐！”

“你用不到生气，何先生！我们盐贩子也真是太苦了……一年到头就靠两回旺日，今年啥时候，我们还在折本！再把秤少了……明明是逼我们！……”

“不关我的事，你们不要再说啦！”

忽然人堆里有一个颤抖的声音：“我看这么吧！……”

“对呀，你说说看，二爷！”

“不要吵了！让他说！宝兴！你这小猴儿！”

“我看这么吧！——大家到公垣去同王师爷要个人情，今天的事，暂缓两场再讲。让我试试看，要是盐价提得起，先把厘金填出来，下一场再提秤上的亏空。只要卖得出我们也没得话说！”

“好话——乡里人连饭还没得吃的，盐太贵了有哪个舅子吃盐，该买一斤的，人家就只买四两。”

小徒弟一眼看见一个人跑得满头是汗，三步当一步地跑上石梯，就这样叫唤：“明哥来了！”

“怎么哪，明哥？”

明哥喘着气，不说一句话，他被包围在人中间。

何先生也走拢来：“明哥，你们的灶上呢？”

“弄糟啰……”

明哥是德安灶的长买主。

“我们通通把盐送到公垣去了。秤手不开秤，硬要取下敷水来，王师爷气风黑脸地大骂人。各家的盐都到齐了，没有效。只等你们一家的，所以我跑来催！”

“那么照原秤发盐？”

“是呀！何先生！各家都是！你把盐发给他们就完了！”

明哥说了就回头走。这里的人一齐拥进盐仓。柜房里重新静下来。银秤端端地不动。不到半点钟，算盘声、撇银之声、开关钱柜声，又闹成一片。

五

在公垣的门前摆满了盐包。盐贩各人站在各人号字的货物面前，他们的心是紧张的，神气是呆板的，屋檐下挂在柱头上的“公事重地”“闲人莫入”的牌子，这时特别显得威风。

吊楼旁边接连靠住两三只大木船。船工安上跳板，不时走上岸看看还没有动的盐包，心里好生埋怨，恐怕错过了还有一趟的上水生意。几十个杠子不离手的、褴褛得像叫花的“脚子”，无聊地而又有些等大戏开台那样的心情，在等待着今天很难知道的事。他们在不用气力的时候就觉得身上寒冷，两只手紧紧地抄着，夹七杂八地谈着今年六月涨大水，公垣的吊脚楼险些不曾全给水淹没了。他们也希望今天热闹一些，可不要弄出盐不扛上船，短少六十文一包的收入。

洪兴灶的盐终于给许多盐贩簇拥着来了！

那边早到的人马上一个大浪似的扑了过来，新到的人也浪似的迎了上去，跟着混在一起，发出更大、更嘈杂的声音。

秤手指点两个佣丁扛来一杆大秤挂在架上，他把住还没上锤的秤，脸上浮着非善意的笑容，大声地说道：“开秤啰！哪个先来？”

“先把斤头说好……多少斤？”

“取消敷水我们就不出盐！”

“说呀！说呀！多少斤？”

人丛中的又粗暴又急促的问话就像投下井眼去的纸箔灰，飘飘地在半空中就飞散了，得不到一丝儿回响！

秤手“砰”的一声把秤扔在地上，转身往里边走。

王师爷一跳，出现在门上，脸气得铁青，指着这些口里不清不白的一群人，咆哮着：“还不开秤吗！对！对！你们这些盐贩子！好不懂法律的家伙！你们打算……打算行凶吗？吃哪一行的饭就得服哪行管！是……是国税！怎么……想打算抗税吗？给我……给……我……拖出来！是哪几人？哪几个要闹事？拖出来……巡丁！巡丁，来，来！”

“做什么？拖？我们没有犯王法！”

“买卖人！好家伙！”

“弄清楚一点儿！你！你！你在骂哪个……”

听了这样的话，王师爷猛虎似的扑到人堆面前，同时，三个巡丁也跟拢去。

“出来！什么人在讲话？什么人……什么人？”

给他的声势吓住了，人略往后退。在互相拥挤的一瞬间，二爷站不住一个踉跄，直向王师爷身上扑去。

“啊……你要动手打人？”

他给几根铁样的手爪擒住，雨一般的耳光落在面颊上，屁股上也给踢了几脚头。

“哎哟！不要打！是我！他们把我推倒的……先生……先……生，哎哟！先……”

噼啪、噼啪又是一阵耳光，二爷的脸已经变成血紫，鼻孔口腔冒着鲜血，一点一滴地往下淌。他的头一直垂到心口上，不住地摇，四肢打着颤，身子想往地上倒，可是由不得自己，身子给两个有力的人撑住了。

“带他到署里去……我马上坐船来！李先生！你把所有的盐尽给我扣留起来！有人再说话叫人给我抓下……带起走！我马上来！”

二爷给带走了！

六

事后的三天，二爷取保释放出来，四十元罚款，盐款充公。

冬夜的乡村在晚饭后已经很静了，静得像一座古坟。各种各类的门掩尽人类的声音。北风和秃落了叶的树枝作生死对头！它越是凶猛，它们越挣扎，终夜在黑暗里搏斗，终夜发出沙沙的声音。

二姐还坐在矮凳上纺纱。呜，呜……呜，呜呜……呜的弦声渐渐有些模糊起来。

两夜的失眠加上白天的勤劳使她的眼睑都浮肿了。她拿起地上装棉条的竹篮，揭开盖布数一下，里面还有三十多条棉花。

“我的妈！怎么好呢?”

躁急和失望使她暂时停住手。她低下头在脚腿底下抽出烘笼，用右手拨了一下火，略为在围裙上一拍，打算再向车把上伸去。

“二姐!”

隔房里有人在叫她，她提起亮油壶走到厨下，从灶额上的吊壶里斟了一碗热水，轻轻推开板门走进去。

房内霉湿，尿桶和病人身上发出来的恶气味，一开门就冲得人发呕。

一盏亮油壶挂在裂了缝的土墙的钉上，雀舌样的光暗暗地刚刚照着对面那张板床。病人听见二姐进来，勉强睁开两眼，嘴里喃喃地、断断续续地，又似在梦中，又像在对什么人说：“黑良心……四十元！不要认罚啊……听我的话！老骨头，坐监就坐监！没有钱啊……前世的孽……”

二姐打开一个草纸包抖了些深黄的细粉在碗里，头上取下一个铜簪儿，搅了两下给二爷吃了。

“长发还没有回来吗？”他的神气好像清楚了些。

“没有呢！再等等看……事情总是会有望的。洪兴灶的掌柜先生都爱做好事，昨天叫人送药来，还送五升米，说给爷爷吃的……菩萨保佑爷爷快好就好了！”

二姐说着，脸上浮上一层凄惨的笑。

见着二爷没有作声，脸往床里转过去，手摆了一摆，二姐知道是要她走，便拿着药碗悄然地退了出来。

在屋檐下碰见长发。

“事情怎么了？”

“……”

“问你……说呀！”

“卵！”

长发想往屋里走，可是给二姐一手挡住：“爷爷才吃了药躺下，让他歇一忽儿吧！”

赌气似的，长发一屁股坐在门槛上，两手托着腮帮。

二姐给长发的神气骇住了。忽然一下，长发直跳起来，冲到她面前，粗暴地吼着：“给老子滚开！老子心烦！”

“啊！天呀！我什么事惹了你！你这凶神的样子，欺我么……”二姐也不示弱。

“老子要卖你……”

二姐瞪着眼望他一会儿，见他的脸是白的，眼睛是红的，她心里又怕又气，接着就哭了起来。

看见他的妻子不谈话了，他渐渐地低下头，开始觉着她的可怜。自从十五岁嫁给他，除了做那二十天新娘子时不曾操作外，以后天天起早睡晏，一直过到现在。说好不算好，可是请个长工总赶她不上。裹着一双小脚，能够挑大半桶粪水，也真难为了她！但不知怎么的，他这几天来确实有过卖她的念头，他觉得他给她拖累了。没有她，他可以不受什么人的气，首先就不要种什么田。他可以“蹬起草鞋跑四方”。像他爸爸的下场，着实使他见了寒心！但是没有了二姐日子也难过，他觉得真的没有了妻子就会像剁了右手那么个样子，活是可以活，总是不方便，啊！她真是一个害人的鬼！

“你，你去死！”

“什么？你这人疯了?！你在哪里吃了亏来和我生事？呜……呜！”

二姐哭着往二爷房里直奔。

“你们吵架……长发，你媳妇也太苦了！你不要糊涂！”

二姐本来还竭力压住哭声，听见这几句话，就大声地号啕起来。远处的狗也汪汪汪地应着，凄凉填满了这个冬夜。

“看你的样子，事情是没弄好？”二爷坐了起来。

“不行哪！”

“我想过好久，这样吧，把我的寿木拿去卖，四五十元钱是值的。不要紧。叫花子死了，一床破席还是要入土呢……拿去卖。”

长发脸色铁青，似乎没有听见二爷的话，专心想着另一件事。

二爷支持不住，往床上一倒，仍然咕噜着，渐渐地睡着了。忽然，长发转身就走，二姐赶出来，已经不见了人影，在她的眼前只是一片渺茫无边的夜。北风仍然沙沙地在响。

七

半夜长发才回家，一声不响，气像消完了，可是从这一夜起长发一连几夜总不在家，天刚亮时，他才从外面回到自己的屋里睡觉，二姐暗暗地捏把汗，可是不敢问，也不敢对二爷说。

一天午后，二爷坐在打麦场上晒太阳，前面的橘树上已经没有剩下一个橘子了，但他想不到它们身上去，一心只念着柴房里面放了十几年的他的寿木，“就把这东西出脱了也还不济事！今天已经是十二月二十二了，张爷的钱，猴儿的空仓债，还有从天上掉下来的罚款，都得在三十以前了清。罚款是何先生担保下的，好厚起面皮给人家拖去吗?”他的两眼朦胧着泪水，但在媳妇跟前哭不出来。二姐喂好猪走来对二爷说道：“爷爷，你痛吗？我再给你凑把草!”

二姐在二爷座位下放了一把草，又说：“爷爷，这几天没盐吃，连装盐缸子都洗了，我打算到梁子那边去讨口盐水，割下的青菜也要腌，再迟就会烂了，叫三儿来陪你，我去去就来。”

二姐翻过梁子，往人少的井口上走，只要碰见一个面生的人，她就红脸，心也不住要跳，她生怕碰见穿黄短衣的公事人。她好容易钻进了一个井口，那正是老瓜打水的地方。

“讨口盐水吃，老瓜!”

二姐说着拿出两只鸡蛋来，老瓜摇摇头:“不要你的瓜来不要你的果，瓜果吃了肚子屙……哈！哈!”

老瓜边唱边笑，二姐也不管，一口气把罐子伸到盆子里舀满了两罐，转身就走。

“拿去，你的鸡蛋!”

“站住!”

一个穿黄衣的人不晓得在什么时候走到这里来了，二姐吓得脚软，牙齿互相打击着。

“你偷盐水，规规矩矩给我倒下!”

“可怜哪，先……先生！不是偷啊！我的公公就是肖二爷，卖盐……家里没盐吃，买不起……”

“少讲些闲话，要我拖你进公垣吗?”

“我倒！我倒!”

二姐的眼泪和着罐里的盐水一齐倒进了地盆。

八

天上没有月，也没有星，但恍惚还看得见河影。四下全无声息，只有山坳里狗汪汪地叫了一阵又停止了，它们似乎和人一样逃避着外面的严寒，各自躲在一个温暖的地方。

但在苦竹林旁边的路上，有一大群匆忙的人前进着，每过一个人家，许多脚放得又轻又慢，一过了便又大踏步几乎是在小跑。他们流着汗，不时眼睛四处打量，似乎他们的行动四下都有人在监视着，几次树叶的声音使他们疑心有人来，领头的那个青年人便马上从腰间抽出手枪架起势子，后面一个中年人拿出了割猪刀。等到听出来没有什么，便吁了一口气，手同时软下来，又前进着，这样走了三里多路，看看走到黄桷坡了，再转一个弯就是大河，那里有船等待着他们，盐一上船什么事也没有了，每包二元，合共八十元的“偷关”算是拿定了。那个青年由不得从心里笑了，忘了眼前的危险。可是就在这时有人从对面走来。这一片是平地。躲闪是来不及了，干脆停住脚。来的人一看见有一串人立在前面，手里有的捏刀，有的拿枪，不觉吓呆了。

“站住，要生是要死？”

“啊！是你？长发哥！”

“是我又怎么，老瓜？说！”

长发狞笑。

“是你就没话说！”

“那么拿去，快走！”

长发拿出几块洋钱，递给老瓜。

“不要你的！我们大家都是穷人！赶快走！后面有人来，我会打主意给你们挡住！”

看他们走得远了，老瓜又拖起喉咙唱他的山歌：

一树皂角千条刺，
一条刺儿一条尖，
尖尖锥在心口上，
……

鱼 儿 坳

一

“怎么得了啊，把这一点儿油水挤干了？”

“你们有田有地的人都说这样的话，我们还说什么！”

“大家多是一样的人，老实地讲，有田有地？哪个种田人靠地吃得饱饭?!”

自从灶户把要取消“敷水”的事传出以后，所有丁厂的盐贩子尽都担着心，虽是只有极其微少的斤两，可正是他们命脉所关呀！

于是在盐灶房买盐彼此碰头的时候，和坐在场上盐摊子旁边乡下买主还没有到来的时候，他们总认真地谈着这件事。他们想好了一个主意——这主意使他们把紧张的心情稍微和缓下来，请灶户出来替他们向各盐务机关说好话，能够照原秤是顶好，不然也得挨过年关。

二爷心里比他们明白些，就他做了五十几年人的经验，他晓得凡事一说上公事就不好办了，什么人敢同公事作对头呢！他一面也希望，一面却不住地摇头叹气，心里好像吃了不消化的饭食那么样横梗梗地搪住块东西，一天到晚打着呃，吸旱烟的次数也增加了。

鱼儿坳一连三天起着北风。

北风仍然还在吹，天空是雾蒙蒙一片，看去比平常低。多年没见过的这落雪以前的景象给鱼儿坳带来了一股活气，大人们不时停下工作，高兴地往天空张望，孩子们睁起黑大的圆眼珠，站在老年祖母的绩麻篓旁边，或者母亲的纺车旁边，起劲地听她们述说关于雪的许多事，大概在那小小的头脑里已经刻画成功了一个白雪的世界了吧？他们脸上现着异常的笑容。

但是挨近中午的时候，风势渐渐转了头，天色也变得清朗了，接着就是一丝丝软弱无力的阳光寂寞地洒在清冷的田野上。

二爷闷闷地坐在门限上吸旱烟，眼睛半闭着。

长发从林里砍了大捆竹子，他打算削成篾丝修补晒席。“砰”的一声他把竹子丢在二爷身边：“靠雪又落不下来啰！”

睖了他儿子一眼，二爷没有作声，口里接连吐出几口烟子，很有力。隔了好一阵子，他站起身说：“去打听看看！”

鱼儿坳隔丁厂不过两里来路，恰巧给一皮梁子（小山岭）隔断了，自然而然地划分成两个极其不相同的地方：住在鱼儿坳的庄稼人终年绷着一张焦黄的脸，不声不响地生活着，在他们彼此间没有联系，没有深厚的情谊，但也很少发生剧烈的斗争，似乎那一扇本来没有作用的大门，蕴藏着无上的威力，它在他们中间设下牢不可破的界限，同时替他们掩尽了各人一家的事，于是剩下的飘浮在四野的空气就显现出安静的和平的色调，像一条躺在春光中的小溪，溪底虽然堆积着不少的泥污、沙石和腐败了的鱼类的骨骸，表面上却永远是又清洁又安详地流着。至于丁厂，可就不同了！日夜不断的车盘声、滚子声里时常夹杂着人类的喧嚣，由于太子楼上浓黑的煤烟的赐予，这里的树木多着一层黑霜，天空的颜色仿佛也给染得黯淡了。那些给粗劣的食物和烦重的工作磨折够了的人（当然灶户不在内）成天在同类中找寻使自己开心的机会，结果总不外相骂或殴打，这往往给了旁观的人莫大的快乐。出事的这天，每家灶户的大厨房里都充满了品评谈笑的闹声，如其大家认为没有看得尽兴，便有人出来转弯抹角地怂恿当事者做再一次的表演，或者就在这次争论当中产生下次的仇人。一个人忽然不见了，几天之后，有人发现他的头给人割了抛在芦苇里，身子胀鼓鼓地浮在水塘上；不知是什么缘故，某家的男子，趁着黑夜，在女人背上缚块石头沉到大河里去的这类子的事也是常有的。

鱼儿坳的人除了专为看热闹，不大和丁厂有来往，有的，便是当山上割了茅草，田里有大批蔬菜，场镇上出脱不了的时候。

二爷以前也不轻易到丁厂，自从他死了妻的二年后有了卖盐的职业，每十天总有七个日子要在这崎岖的山路上艰难地来回奔走着。他现在不是一个仅有四亩地的没出息的农夫，而是比较宽裕的一个盐贩子。

再三支持着一个老年人由于爬上山坡时取得来的难堪的疲劳，二爷终于越过梁子，站在下山坳的嘴子上微微喘息着。

一路来他没有撞见半个人影，连丁厂这时也因为是在吃饭的时候，什么都停止了。

小花不知什么时候在身后悄悄地跟了来，看见它的老主人停住脚步，它连蹿带纵地跑到山下一个棘篱笆旁边，那里正有几条肥大的狗分成两队在打架，一见这外来的客人，它们马上合成一伙儿，向这孤零者进攻。对于那巉巉的尖牙齿，那狂暴的吠声，小花好像满不在乎，它昂起头向空叫了几声，摆出接战的姿势，它的从容不迫的态度使敌人后退下去，但它不敢先动作，于是它们又汹汹地直向它扑过来，马上小花的尾巴倒下来夹在后面，放下架子想逃走了。

看见自己的狗要逃了，恐怕它吃了亏，二爷赶忙掷石头，大声叫喊：“走开！小花！施……施……”

小花趁势跑到主人身边，摇了摇尾，蹲在地上，伸长舌头舐身上的毛，眼神黯淡。二爷飞起一脚头，踢在它的后腿上，小花巧妙地躲开了跟着而来的第二脚，乞怜似的遥遥望着怒容满面的主人。

“走呀！蠢东西！你打得过吗?”

主人叱着，又是一块小石头掷在小花身旁，看情形它明白不得不走了，于是掉过头向山下的敌人吠了几声，惶惶跳下豌豆田，转眼它飞快地在回家的路上奔去了。

一回头，望见远远的路上，二爷一怔。路通二里以外的大河，这时有无数的弯腰驼背的脚夫时高时低朝山坳这边走来，穿过只有骨架的小树林，给靠山的房屋淹没了。无疑的是洪兴灶起炭；照例何先生不在灶房，他得去河边上监秤，而且就连小徒弟们也通通去相帮，灶房里现在找不着一个管事人。

“真凑巧呢!”

二爷沉吟着随便移了两步。展在他面前的尽是洪兴灶一家的井口；从车盘上卸下来的瘠瘦的牛在槽上吃干草；蝇蚋之类的小虫死钉在它们的满是创伤流脓带血的背脊上，狠命地吸吮腐烂腥臊的肉血。一心正在吃食的牛这时似乎无心管到这小小的纷扰，只不时扇动着耳朵和尾子，一直等到被咬到痛的程度，它们才蹬蹬脚蹄，使全身发生一个大震动，赶走飞虫，得到片时安宁；但转眼间，刚才走了的那些虫子的口吻又复聚集拢来，反而比先前还难忍了。

“真是活遭罪啊！连我们庄稼人的畜生都不如！”

二爷在地上拾起一条破竹竿，替一只老牛赶虫子。

“二爷！”

随着声音，二爷向山下招了招手。来的是老瓜，公认为带点儿傻气的大孩子，新近才由赶车升为筒匠的洪兴灶的工人。身段不高，面黄肌瘦，一头乱蓬蓬的硬发，下面常年盖一张十有八九是龌龊的猴儿似的脸。由于他的过于老实和离奇的相貌，于是老瓜这赐名代替了他的本名。

“老瓜哥！——管事的有吗?”

“这个吗?”老瓜举起五个指头，他们一向把管事何先生叫作老五的，“下河边起炭去啰！”

老瓜应着已经走到车堂旁边，身子向一个牛吃剩下来的乱草堆上一仰，一群正在找食的麻雀哄的一声骇得四散飞了。

“瘟丧小崽崽！差点儿榨死你盐锅边上烘干下酒吃！”

老瓜笑骂着，忽然脸一沉，伸手往衣袋里摸，还好，半块洋钱依然在！叮当当当地他敲着玩，样子很得意。

“发财呢你！赌运好，赢了多少袁头?”

“赢？十回赌，九回输，光看看这个！”老瓜两个指头拈住身上那层钉了无数补丁的旧布衫微笑说。

二爷看他虽也罩着一件棉背心，但是薄而且硬板，哪怕稀微的小风吹来，他也受不住似的，眯着眼，脖颈直缩到胸口。

“你……”

“听我说!”陡地老瓜挣起来，伸出五指，坐着说，“这个才狠心呢！向他支钱就像要奶吃，今早上说了一大箩篼好话，才答应再支一月工钱！嘿！你想：一块半钱，赎出衣裳就没有本钱，捞梢有本钱，就还不成王家幺店子秋姑儿的酒账!”

又是一个微笑，但马上他放低了声音，手掩住口，在二爷耳边悄声说:“这几天，我天天有酒吃，秋姑儿才叫卖不倒我的钱。”他指着槽上的牛，“还不是沾它们的光，嘿！嘿!”

“哎哟！非怪丁厂的牛冬天时常害瘟症，原来你几公子偷人家的烧酒吃了，你是好的!”

“天理良心！顶多我只吃一半！别人家吃光了！哼!”

天天吃咸泡菜下饭，眼望着香气扑扑的烧酒，又没有管事人在旁监视而能剩下一半来喂牛的，在老瓜看来确实要有良心的人才做得到，老实说，就只有他老瓜才做得到，所以在皱着鼻重重地“哼”了一声之后，一种自傲的神色勃然显露在他脸上，他撮着嘴唇，眼望着笑容满面的二爷，等待他的称誉。

“不多心，老瓜哥！你好倒是个好人，可是像这样老是手痒口痒的也不大如法！哪个‘孤碌子’成了家！喂，对吗？你们年轻小伙子家，先抓住几文再耍也不迟呀!”

这出乎意料以外的答复，把老瓜怔住了。他从来没听见有人对他说这样的话，他很明白这些话是善意的责难，而且这时二爷模样怪亲切，这种亲切给老瓜透进了一种莫名其妙的特别味道，他伸手努力抓头发，不知道怎么好，但他终于觉得说比不说好过些。

“二爷！我就是这点儿不好！饿肚子，打光身都不在乎，就只有这双手妈妈生得不好！把钱翻回来真赌咒不赌啰！”

“嗯！赌咒不赌啰，你，老瓜？”

在老瓜和二爷背后走来了火生，他两手捏住老瓜肩头不停地摇，脸向着二爷说：“二爷，像老瓜那样子的手艺也配赌钱？真是！劝他早早收手，不要耗子钻牛角！譬如说，有钱的话留到过年吃香东西不好吗？”

其实这火生自来和老瓜赌惯了的，说钱也赢得不少了，今天打听得老瓜支了工钱，拿定主意想透弄几个，不妨刚走到老瓜旁边就听见他说的最后那一句话，由不得一怔，因此用反激的方法，来激动他。果然，他的话发生了效力，老瓜受了侮辱似的，红着脸，大声说：“啊！我不配赌钱？我欠了你钱来？说着！耗子钻牛角，你在咒人家吗？偏生我不相信！来！赌一个你输我赢！”

老瓜一手抓紧火生，立起来就走。火生一掌掀开，正经地说：“你不怕老五又来啰唆吗？我是不欢喜听的呀！要来，等打完了水再来！”

“也行！王家幺店子等你！”

看了这一双小伙子，二爷暗自心灰，幸喜长发不像他们这样儿，虽是家运欠亨，有个好儿子也倒罢了！人是活宝，钱财是死宝，有了人还愁找不起钱吗！

这想头一点儿火星似的，溅在他的给忧虑煎熬得枯焦了的心上，渐渐炎炙起来，热力传遍全身；他的眼前不似初来时的黯淡，他的身体也重新恢复到少年时期的轻飘，他忘记了那些钉在他心上已经着了锈的钉子，这点儿火焰把他推进着，他于是不自主地含着微笑，乘着凛冽的朔风直向前面，朝着他的家的方向走去。

二

这日是邱家沱的场期。

东方天角上慢慢地裂开鱼肚白的睡眼，悄然无声地瞅着还躺在阴暗中的鱼儿坳，然后又才渐渐地透过黄土墙上的牛肋巴窗，瞅着里面正睡得安然的人们。在鸡埘里的雄鸡有意似的烦躁地闹嚷着，于是睡在稻草铺上的人终于不得不从睡梦中醒过来。

靠山一座草房的右边檐下的板门，忽然打开了，跟着又掩上。二爷趿着两片鞋，嗒嗒嗒地顺着台阶向打麦场走去，腰间的蓝布宽带还没有捆好。

场是一块宽阔的长方形，斑驳的三合土上随处有着大小不等的凹坑。这场本来是为着晒谷用的，可是三四年来却是要在晒四亩山地的麦以及一些杂粮时才用到它了。但在它边缘上的十多棵橘子树，虽是苍老一点儿，却总是到了冬季就格外繁茂，这时又正是橘子红的时节。

空气很冷。迎面扑来的是草木粪土的混合气味，内中特别夹杂一点儿橘香。二爷深深嗅着，似乎忘记了刚才从床上带来的疲倦，四体轻飘飘的，他感到少有的舒适。

天色大亮了，可是阴沉得很，好像是个落雨天。一片凝滞的白雾，和屋顶上冒出来的炊烟搅在一起，愈结愈厚，不到多时，整个鱼儿坳全显得模糊惝恍了。

二爷吁了口气，他老不欢喜这样的天气，下雨路滑不容易上山坡，而对于他的生意上更是大损失！乡下人在天晴买盐也就想出一半钱买多半的货，遇到雨天，便借口盐湿格外多争几两秤……要是敷水保得住也罢了，可是！可是……

他紧皱着眉头，那个赶不去的阴影这时更有力地压住他的心，他的头重沉沉地直想往下垂。

忽然，像嘲弄似的，接连两滴露水从满坠着红橘的绿油油的叶丛里落下来，冰凉地正巧打在颈脖上，他起初一惊，随即用袖子拭了去。

“今年果子真正不错呢！”

他望着那许多娇艳鲜红的橘子，心里有一丝儿喜悦，但一刹那间，似乎有一个声音在他耳边叫：“慢点儿欢喜啊！这东西已经不是你的！”马上他记起了每年下乡来收买果子的黑脸大汉，当他递给他两只洋钱时说的几句话：“那！这算定钱，过两天就来下货！”而且从这一天起，为要看守他的货，他的一个伙计就借住在柴屋里面，这时恐怕正打着鼾呢！

二爷失悔不应该为四块钱把上好的果子出脱了。但是，家里只剩得一担多山芋，装麦子的篓也看见底，四个人，两口猪，在这青黄不接的时季……土里的麦苗才五寸长，豌豆、胡豆也还不是不中用的懒芽！这些事又重新苦恼着他，经过好些时间，但等到一个生着大眼睛的小圆脸忽然全现时，他的思绪便不再浮动，停止在这上面了。伴着这小圆脸而来的依然是那些红橘：小圆脸讨橘子吃，他的妈妈碍着看守人在跟前给他做脸色，他不懂，于是挨了两下耳光。听着哇哇的哭声，是多叫人难受的事！

“哪个小孩儿家不贪嘴！别的莫得吃，连几颗橘子也都不能够保守下来。”他叹息着，心里很是酸楚，怎么也对不起孩子。

忽然他偷眼望了一下柴屋，那里静悄悄的。神气很坚决，手微微有些颤抖，他用力攀下一个橘子顶多的大枝头，还没有下手摘，一个听见声从柴屋里打出来，他的手就由不得一松，枝头就又弹回去了；因为互相撞击竟有两个橘掉在地上，骨碌碌地滚下坎去了。

并没有什么人出来，轻微的风吹着地上的落叶发出沙沙沙的声音，远远的田塍上有人互相打着招呼，跟着唧哝地闲话着，语调是悠然的。

由于羞愧变成的怒恼，使二爷又回复到青年时代的农夫的强硬，他觉得他喊出了这样的话："哼！自家的东西吃不得吗？光明正大……退你两元钱；不卖，就不卖！"

话自然只有他自己才能听见，但是他觉得出了点儿气，轻松了许多，虽然手脚都还没有停止颤抖。

这时在他什么都可以忍受，都不要紧，甚至于卖了的水田，抵押了的青枫坡，只有摆在眼前的这件事叫他吃不消。他觉得他和那个黑脸汉子并不是买卖交易，而直是近于打抢，睡在柴屋里的人便是一个强盗。

他恨黑脸汉子，他想活生生咬他一口。

"饭好啦，爷爷！"

二爷没有回答，只懒懒地拖着脚步往屋里面走去。娇懒带点儿奶气的三儿的叫喊声像尖刀似的扎得他的心痛。路过柴屋时，他恶狠狠地盯了眼睡在干草口的果子贩，他讨厌那粗重的鼾声。但他终于没有吐出一个字。他注意到他旁边的一件东西。一具漆了七个"生"，十年前就做好了的他的寿木，高高地支在三脚架上，被衣盖覆着。他慎重地揭开一角，里面现出黑油油的一片光彩，光得有些发冷，他抚摸了一回之后，盖好蓑衣才走了开。

红山芋和着粗麦粉煮成的早饭，已经滚热地放在桌子上。小木盆温水浸着一条乌黑的面布在地上冒热气，二姐从厨房里出来，枯瘦的脸给乱蓬着的褐色头发掩覆了额头的一部，大袖挽到臂上。是一个廿多岁的女人，但在她身体上绝找不出青春的痕迹，只有相称地长着雪白整齐的牙齿。她的身后跟着三儿，手里捏着大把竹筷。一眼看见二爷蹲在地上洗脸，把竹筷撒在桌上，扑在他背上欢喜地说："爷爷！妈说张爷的牛死了，要给我买牛肉吃呢！"

"三儿乱说话哪，张爷听见了会打你的小嘴！哦！害怕吗？"

"真的呢，爷爷！"二姐一本正经地说，"前天秃子不是来讨生姜，也说牛不好，要给它洗口吗？过后倒好了些，哪晓得昨天就不吃咯。等到上场去把牛太医找来的时候，牛已经困了槽！我的天，你看它横热得冒火，秃子在堰塘里一连打湿了好几条麻布口袋铺在它身上，一忽儿又热了，一忽儿又热了，尽是滚烫的，太医放了两针血，血呀，就像熟登了的桑果，乌黑的！太医大模大样地不开腔，摇摇头，开张药方，就走了。秃子自己说怕打救不起来，打算趁活的杀一刀，容易卖肉，不晓得昨天夜里怎么了！……你说啊，爷爷！畜生病了也跟人一样，看它上气不接下气地喘气，两个眼珠子鼓挺爆涨地死盯住人，才不晓得人也救不了它！"

"哎哟，真是！你这人，我说你葡萄话，一抓一抓的！"

吃完饭，坐在矮凳上钉锄把的长发听见二姐十分上劲地说了一大摊子话，登时做出十二分的不耐烦。受了这不提防的抱怨，二姐脸红了，可是当着公公的面前，便只好把一肚子气咽到肚里去。但总不免有些羞愧，同时又有点儿慌张。她大口吞食着饭，不时偷眼瞅瞅二爷的沉得使人发闷的脸色。但马上她省悟了，她是又想起了欠秃子的空饭债。

“长发！秃子这几天没向你提说什么？”

“嗨！有个不提说的！眼见他的牛死了，只得拿出钱来买，不来逼你和我他逼哪个？”

“今年这个年呀……比上刀尖难！”二爷无可奈何地叹口气诉苦道。

“我看还是找何先生多赊一两包盐，过了年又来填上去。”

过了一阵，二爷才茫然地望着长发回答道：“哼！好话啊！以前赊的三包盐账没填上去，想他再赊给你？拖过年账还怕要费气力呢……又要取消敷水，说得脱还好，喊声不行，哪个贴本做买卖！”

长发渐渐低下头，两眼盯在地上。

屋里没有一个人再说话，从门上射进来的惨白阳光，孤零零地照耀着每个人的脸，可是没有人注意到它。这几个人都沉在深思里，在他们的眼前现着不相同的幻象。虽说不同，但是大家看见的都是一片阴暗和灰黑……

贼

橐橐橐……

一阵皮鞋声沉重而紧急地从走廊的一端响过来，地板起了震战，草地上一群麻雀给惊动了，轰的一声四散飞开。

刘先生的眼睑懒拖拖地往下垂，但他并没有睡意，他的两颊绯红，也不是受了春的渲染，他被一个意念钩搅得激动了。

凝着神，正在用他那笔纯熟的楷书恭写一封公文，猛不防笺纸在笔尖下蹦跳起来。

“啊，啊……”边喊边把笔锋敛住，可是一条黑蚕无端飞来，轻盈地偃卧在字行里闪灼有光。他皱紧眉头，带怒地把笔一搁，就伸手去拧八字胡。倘若来的是校工，他预备重重地斥责一番。但另一个绞脑的念头拦阻了他这一条思路。他低着头往地上看，白木地板今天拖得特别清洁，正因它清洁，于是每条裂缝都显得更宽阔而且木质也似乎特别的浇薄些，底下起着龟裂的田历历可见，这里在不久以前还是禾田，而它正出身在这田的塍上；又像在暴露什么给什么人看……

“人总得讲点儿良心，唉……”

对包工头常说的一句话这时又几乎冲口而出。往常说时是给对方面警省，今天却带着不少恨意。自从这一所建筑完成以后，他不知受了上峰多少次数意外的贬责，致使他在写这一封请建小厨房的呈文时，虽然把握是有的，但也免不了要心里捏把汗。实在他得的好处并不多，谁叫包工头那么黑心肠的！看呀，多丑，这地板……那裂缝，那薄木，好……他恨不得把包工头的肉撕下来一条条地填上去……

阳光照在抹擦得纤尘不染的玻璃窗上，一个大苍蝇使劲地在那里飞扑，打转，样子有点儿蛮横。他想找一个可以扑灭它的东西，正在这时脚步声停在他门口，同时门上响了两下。

“进来！”

“报告事务长，人带来了。”

一穿制服的校警脚跟并脚跟，手举在帽檐上，严肃地笔立着等候回答。

他有些茫然，然而院子里起了一片小孩儿们的哭叫声：他把在学生宿舍里捉住一个贼的这回事忘记了。

“看啊，捉贼来啦，贼来啦……”

且不回答。把眼光在校警身后瞟。

院里小孩儿越吼叫得厉害了，他命令地说：“你去叫他们不准吵！”立时几件花绿绿的华贵衣衫花蝴蝶似的飞奔到他面前。

“刘先生，我们来看贼呀！”

他走到门边，满脸堆着笑，两只大手掌一只抚着一个小黑头，语气变得异常柔和地说：“请你们小声些好吗？你们立在栏杆上看我审贼好吗?”他回过头吩咐校警:“请王秘书,请李先生来。犯人已经带来了。”

贼,一个二十上下的青年人。长头发乱蓬蓬地覆盖了他低垂着的前额,看不出脸貌,衣裳上沾满黄土,两手被反缚着,脚趾的一个似乎跌破了在淌血。

“呀,你看他的脚趾拇怎会有血呢?”一个较小的女孩儿悄声惊恐地说。

“谁叫他不穿鞋子的,光脚板走路,玻璃片要割脚,还有刺,还有……”一个像姐姐的女孩儿回答。

“我说他一点儿也不像贼,他像担水的老陈。”

“贼还不是和我们一个样子,就只教育不好,所以……”刘先生说。贼猛然抬起头,眼睛眦裂着蕴满了怒光。几个小孩儿骇得往后退,刘先生也吃了一惊。他注意到贼的手,在他背后微动,麻绳缠绕得太紧,深深地陷进肉里,但他一用力,不难把绳挣断的,他提防着他轻微的举动,大声地连连呼唤校警。

“你老人放心,我不会跑掉的。”贼人说着,恶意地一笑,又把头低垂下去。

刘先生像受了极大的侮辱。看那神气——什么不放在眼里,胆子壮呢,简直是一个惯贼!他用鼻子哼了一声。

“你想跑,哼!做梦吧!”

贼也照样报复一声,轻蔑地瞟了他一眼,又把头低垂下去。他的脚趾仍在淌血,他移开一步,地板上就留下一小摊血迹。

牧牛童从短墙外边经过,带着稚气的歌唱遥和着山顶打石头的叮叮声,野蔷薇被风吹散,飘落在走廊上:这,不知和贼有着怎样的关联，他时常向外面浴在落日中的山峰瞟眼，他显得很颓丧，不及先前那么傲然了。

被请来的两个先生同着刘先生并坐在写字台前。刘先生面前摊着一叠红行笺纸，笔已蘸得饱满了，室内被一种使人感到窒息的空气笼罩着。

贼是面对门限跪着的，校警用膝头轻轻在他背后腿弯上一靠，他就跪了下去。

“姓什么?”

“陈。”

王秘书坐在正中，是他亮出白牙齿先发问。

右边的刘先生看着贼迟疑不就下笔，王秘书明白了，马上又问：“‘耳东陈’还是‘禾口程’?”

“哦!‘耳东陈’吧。”

“陈就陈，怎么‘吧’起来?”李先生不甘沉默地抢着说，因他太用劲，水沫溅到旁边一个人的脸上。看见别人在怀里掏出手帕，他的脸就发红。雪白的绸手帕拂到他的眉际，他闻到一股奇异的芳香。

“这家伙，多挣二十块，怕不通花在香水上……”他想着。又听见这一个又在问话了：“住什么地方?”

“东乡。”

刘先生字写得的确不错，就只慢些。低头看了手表，针指在四点上，王秘书有点儿不耐烦，皱了下眉，轻轻地触了一卜左边那个的膀子，瞧着手表又努努嘴。

“我看，”李先生会意地提高声音说，“我看这么问一句记一句是太费事，转眼就要吃晚饭，时间来不及。不如叫他自己把他偷盗的经过和偷盗的动机详细报告出来，刘先生记个大概就得了。”

“是，是。是该这么办的。”刘先生不住地点头，笔放下，预备听贼自己说话。

“好哪，你把你偷盗的经过、动机，通通报告出来，第一要详细。啊！说话说得慢一点儿。说呀！”

一大半话毫不相干地打贼的耳边跑过，他只抓牢“报告”两个字，报告，他懂得是叫他报告，可是报告什么呢？

“非怪做贼，连这些粗浅的话都听不明白……”

“难怪，”刘先生到底世故比两个年轻人多懂些，“他是乡下人！好吧，我叫你：你把你从哪儿来到哪儿去，为什么年纪轻轻不务正业，要走这偷盗的行径说说，懂了没有？”

贼稍为迟疑，然后说：“我姓陈，东乡人，去年子到外边当兵，当兵当了一年十个半月多几天，害了一场寒热病，辞退了出来，想回家百多里路走不动，在旅店困了三天，六角钱不够，人家打我一顿，把我赶走……”

“那你就到这里来偷盗？”

“偷盗！我本来不晓得这里有个学堂……”

“那是谁叫你来的？——你讲。”

贼不再说什么，把头低垂着，像竭力在躲避几对锋利的眼光。但这沉默加重了坐着的三个人的疑心。刘先生想起了校管来报告时曾经说早上九点钟有人看见他在大厨房里吃饭，不久就捉住他。本来偷一个电棒、一双破皮鞋算不了重大案子，倘若有内应的话，那就……

刘先生在另外两个人的耳边咕噜了一阵，于是又问："你是几点钟来的？"

"八点。"

"什么时候跑进宿舍去拿东西呢？"

"一点过钟。"

"啊！你还看了钟来的！"

三个人大声笑了。贼的脸上淌出汗来。他忘记自己的双手是被反剪地缚住了的，便伸手去揩，他的右臂一动，全个身子同时起了滑稽的摇动。别人更笑起来。他狼狈地叹一口气，衰弱地说："我哪里看钟，是人家对我说是一点过钟。"

"谁？谁对你说？"

三对眼睛不约而同地交汇在一起。"看！"

贼又叹口气，做出一种决然的样子，牙齿紧咬着嘴唇。他不管任何问话，总是不回答。

"不说是不行的啊！"

"非叫你说不可！"

刘先生在贼的屁股上踢了一脚，但还是逼不出话来。他把眼睛眨着，想出了一个计策，便拧着八字须得意地问道："你今天还没吃过东西吗？"

贼被问得发怔。刘先生的似笑非笑的面孔就像在说：你不用再隐瞒了，我已经知道了一切。

"吃过早饭。"贼老实地说了出来。

"在什么地方吃的？"

"……"

“啊！下厨房。”刘先生代他答道。

“那他有熟人在里面!”李先生吃了一惊。

“啊！还待说。”

“你认识谁?”

“水夫老陈。”贼回答得很爽快。

“他是你什么人？是他叫你来的?”

“是……是我同乡。昨天在镇上碰见他，我向他借钱，他说钱没有，喊我来歇两天脚，打主意送我回家乡……才住了一夜又被人看见了讨嫌，喊我走……先生，我的脚破哪，哪里走得动?”他想站起来，伸脚给人看，但立时被喝住，他又照样跪着，“所以才拿了那双皮鞋、一个电棒，说我是贼，做贼的人有个不拿别的，单拿人家电棒、皮鞋吗?”

“也许那间房子只有这两样吧?”

刘先生站起来，骤急地问：“你偷的是哪间房间?”

“我哪里晓得?”

另外的两个头立刻掉向着刘先生。刘先生似乎当心挨了一拳，便生起气来，又用劲踢了贼一脚，骂道：“你不承认你是贼？赃证俱在，不是贼是什么?”他转头吩咐校警：“去，去叫老陈来。”

贼着急起来，睁大眼睛哀求似的说：“先生，不关老陈的事呀。我今天就算碰在你们手上，打罚由你……不关老陈事。”

校警如飞地转过走廊去。这个年轻人的哀告给那渐远的脚步声践踏得粉碎了。

他们叫他站起来。他的脸色变得更苍白，身子颤抖着。他不时偏摆着头，使头发披到一边去，他的嘴唇接连动了几次，好像有话想说，可是看见这里那几张表情冷酷的脸，他就失掉了开口的勇气。

皮鞋端正地摆在地板上，其中一只鞋里面插着那雪亮的电筒。走廊上响起了脚步声，急促的，像人在放小跑。他抬起头使劲地想把绳子挣断。但是随着一阵喘息，老陈已经扑了进来。

“害死人哪，你你……”

“老陈，老陈，我和你是乡亲啊!”

年轻的贼嚷着。他又像是松了一口气，凄苦地笑着，把眼睛向三个人瞟。

老陈在发怔，他的手上仿佛沾染了不少的油腻，两只手不停地在胸前抹擦。汗珠从他的额角上沁出来，有黄豆一般大。

“你认识他?”

“老陈认识我，我们是同乡……”贼连忙回答说。

“没人问你啊!”刘先生怒目望着贼喝道。他转头向水夫：“你讲，老陈!”

“我认识他，我们是同乡，同一个地方住。”老陈还不停地在用衣角擦手。

李先生带点儿稚气地观察着这两个人。忽然他起了一个奇怪的感觉，他看出来面前那两张面孔十分相像，他便悄声在左右两人的耳边说了几句话。

刘先生点点头，把脸沉下来，说：“奇怪，那么凑巧，同姓又同乡，又偏偏在镇上遇着……”

“不止这样呢，”王秘书说，“相貌也很相像。”

“啊！刘先生。”老陈口溅着吐沫说，“世上同姓、同地方、同住处的人不少呀，单是我们陈家村姓陈的，就有五十多家人……”

“那么……”刘先生一笑，“你们真的是同乡？”

“哪会不真啊，有一点儿虚假，我敢赌血淋淋的死咒。”

李先生忙和刘先生递个眼色，刘先生于是说：“我倒管不着你们是真是假，总之学校失落东西是实，你无缘无故把贼子招引进来行盗，你同他一样的罪，懂得吗？”

“我也不是存心来偷这一双皮鞋这一只电筒的，只因脚破……”

“少说！”

“我问你，老陈，你该受怎样的处罚？”

“求各位先生的恩典，我在这里当了三年多的水夫，从来没有犯过，哪晓得他起心不良，要来害我！下次……”

“下次怎么？下次又叫人来偷学校吧？”

“刘先生，我不是存心来偷学校的呀……”

老陈忽然指手画脚地骂起来：“都是你不好，惹出来的事！还有你张胆的地方？叫你给我闭上嘴巴！”老陈的拳头在贼面前摇晃，他的脸变得通红，青筋在额角上鼓胀着。贼一步一步往后退，背抵着窗，在叹气。

刘先生挥手叫校警把两人带出门外去。

柚子的香味渐渐在房里散布，柚子核颗颗落到地上。

李先生贪馋地剥食着，刘先生和王秘书头碰头地在商量。

“对，我看是个好计策。”王秘书把李先生也叫过来，三人于是大笑。

贼和老陈又被人带进来。

“刚才我们商量好一阵。”刘先生严肃地对老陈说，“念你平时为人还老实，不辞退你，不过我不相信他是初犯，说不定以前掉的铺盖都是他偷的，你去给我审问。”

老陈又在擦手，他的头一直垂到胸口上。

“不愿意吗？”

“是……就去！”他畏缩地回答着，于是改变了脸孔表情转身向贼，“说呀，下贱种子，上一次偷铺盖的是不是你？”

贼只管摇头，仿佛说一个字他也感到吃力。

“不说，你给我拿鞭子打。”

校警把一根皮鞭子递给老陈。他不肯接，却对那三个人哀告说：“刘先生，我们是同乡，你叫我怎么打得下手？”

“随你，打他呢，还是顾饭碗？”

老陈略略迟疑，就凶恶地扬着皮鞭对贼吼起来：“听见吗？饭碗！”

贼低着头不回答。老陈变了脸色，他两眼突出，牙齿咬得发响，举起皮鞭，在贼的腿上一刷，同时他的两脚忽地跳起来，好像这一鞭是打在他自己的腿上。他的眼角起了潮湿。然而他还是拿起鞭子想打第二下。他听见一个非常熟悉的在喉咙上打转的低声：“你认真要打我？”

“我怎么不打你？你做贼，偷东西，你不替你爸爸老娘想，你老娘瘫在床上几个月了，你爸爸一月拿三元钱，你还来得这一下……”他意识到话太显露，又恐怕惹起贼人的分辩，他把皮鞭扬起威胁地说，“不准开腔！多一句话多吃一下皮鞭。”

啪！啪！鞭子开始往贼的身上打下来。那个年轻人一边紧闭着嘴淌眼泪，一边闪动身子在躲闪。皮鞭渐渐地纷乱起来。老陈把眼睛闭着，并不看他打的那个人，却只顾朝着一个地方下鞭子，不知道那个人已经闪开了。鞭子接连打在写字台上，他也不觉得。他好像发了疯一般。

“住手！住手！”刘先生突然吆喝起来。

老陈吃了一惊，身子一动，偏到板壁边靠着；他的手软垂下来，鞭子“啪”的一声落到地上。

“把你眼睛睁开，老陈。”李先生扁着嘴笑道。他笑这两个愚蠢的乡下人：这是怎么一回事，谁都明白，还瞒得住我？

哇……一个凄厉而又凶猛的号声从老陈的口里冒出来，跟着他伏倒在写字台上，两肩在耸动，拳头在桌上擂打。

“打呀你，老……老陈！”贼十分惊惶，拿脚头轻轻地踢他。

“什么老陈，老陈！”

老陈昂着头，红起一双眼睛，眼珠好像就要裂出来似的，泪还挂在脸上：“这一群猪，这一群狗，狠心的贼子，听见吗？猪狗，我骂你们这一大伙子，我不怕你们。去，带我吃官司去。我宁肯受夹棍，我受不下你们这种苦刑罚……”他在腰间掏出一把小刀，要去给贼割绳子，他的手立刻被校警的两只手擒住了。

“你疯了不是？”校警骂道。

老陈狞恶地一笑：“我没疯，明明白白的心。”他又掉头对贼说：“没怕，毛娃子，同我一起吃官司去，那里有房子住，有饭吃……”

他让他们把他两手也反剪地缚起来。

散 文

捞 粪 草

一连出了两天太阳，走起来几乎扯脱鞋子的烂泥路收干了水汽，软绵绵的，比没落雨以前还要好走：一步一个浅脚印，鞋子上不沾一丝泥土。孩子兴高采烈地要我带她去田里捉蚱蜢，说早上看见一个女孩儿，她拿根稻草拴了一串，还有野枣子也是想要的，并且硬拖上一个三岁的朋友。他们手携着手，说说笑笑地在前面，我保姆一样地默默跟着这一对儿小朋友。

太阳渐渐往西偏，雀鸟尽向着林子飞，几个大概是赶场的人回家吧，有的扁担上挑着包棉花的蒲包，有的提篮中装着油盐，看见这对小朋友，微笑了笑，依然走他们的路。起先的蚱蜢、枣子想来都忘了，他们蹲在田塍上，只管采棉花、毛豆、芝麻……一枝一朵地往衣袋里塞。

不要紧，这点儿损失，辛苦的种田人或者还可以担当得下。

“好了，衣袋装满了，回家去?”

一个回答我说他少摘一个棉花桃。等到棉花桃摘下来，那一个又说他差只毛豆，他们的账算不清，我的命令终是没效。我只好去看新涨了水的小溪。

溪里浮着一只木船，上面载了许多浮萍，整齐地堆成长方形。立在船头上的人正在用两支竹竿在水里打捞，他的举动很灵活：竿一下去，手举起来，就有两挂又多又长的萍悬在上面，身子稍微一转，萍又砌在堆上了。我心里暗暗佩服他的本事。

“拿这做什么?”我明知他不是为要使溪水清洁才来捞萍的。

“肥料。”

“你们叫什么，浮萍不是?”

“叫粪草，堆起来和些泥，和些土粪，就肥田咯。”他以为我不懂，说了之后，就要想笑，但又忍了下去。在他故意把脸朝左边转的当儿，我看见他的补了多次的汗衣背上又扯几个窟窿，裤子也是破的。

“笑吧，若果你还有笑的气力!”我心里这样想，但是笑容马上不见了，他的嘴也闭着。看看他周围的萍通通被他堆上了堆子去，他两手把竹竿往河底一撑，船又浮在另一个萍多的地方。萍又少起来，船可满得快要进水了。看他的意思好像想把溪里的萍一齐打捞个干净。不过船太小，只好收了手。

“那就是我的家。”他在把船身掉转的时候，手指着不远的一间草房，这条水一直可通到他的门前。竹林底下有三五个小孩儿的影子，有一个影子比较长大，或许就是母亲了。

“你有几个孩子?”

“六个小人儿。”

六个小人儿，六个小人儿的口粮在那里!

在拖着孩子回家的路上，耳朵里还有“六个小人儿”的余音。

轿　　夫

记得是在一个暑期里，因为一时的高兴，答应了几个住在辽远的L县的同学，一同到她们的家乡去过夏。只给家里通了个信去，并不等候许可，就同着她们走了。

起初的两天是坐木船。可是在船上没有像我们想象中的那么潇洒、平静，因为我们搭着的是一只装载菜油往下河去的货船，篾篷终日给阳光炙得火烫，舱底的油蒸发着强烈的熏人的气味，而且搭客太多，起居上也深感到不便当。于是在第二天的晚上，我们便商议改走山路，虽是多了一日的路程，免不了要受她们家庭的埋怨，但是有我这一个外客，凡事只往我身上推，不就什么都干净了吗？等到早晨船靠了一个市镇的时候，我们就上岸去，在这里雇了四乘凉轿。

没有上轿以前，我们叮咛轿夫说："四乘轿子要接连一起走，不许隔得太远，有赶不上的，走拢了不添酒钱。"

于是四乘轿子，八个轿夫，热热闹闹地拉了一长串，在满是树木的山道上蜿蜒地前进。

轿夫们全都很驯良，又因许了他们到家后多把小费，供给一餐饭食，所以他们就格外地殷勤。

我们一路上耽搁着，只要有好风景的地方，或者看见了一些不曾见过的花木，总把轿子停了下来，逗留好些时候才肯再走。要是停轿的地方有人家，他们就趁着我们向乡里人买东西的时候，向人讨碗凉水，几口吞完之后，再打一个欠，坐在突出地面的大树根上、石头上，抽着旱烟低声地闲话着。从那不善掩饰的目光里，我猜想得到他们谈话的主题是我们，可是我拿得定，那是不含着任何恶意的：我们没有像穿黄衣服的兵大爷，时刻用枪柄在他们干柴似的骨架上敲打，也不像着长袍大褂的老爷们，惯于用口唾和脚头对付他们。

“我看那两个轿夫的模样有些特别。”

一次下轿来买甘蔗，我的一个朋友对我这样说。随着她的视线，我望了一下立在一棵庞大的古松底下的抬我那两个青年轿夫，他们正在对着一群找野食的鸡抛石子。

“有什么特别呢？”我问。

“你仔细看看，我也说不出他们的特别地方，总之，我觉得他们的确有点儿异样就是了。”

我又仔细再看，这一次仍然没有发现他们所谓的特别的地方，只不过他们不像别的六个轿夫一样打着赤膊，身上老是挂着一件给汗水灰尘糊紧了的褴褛的衣裳。除此，便是他们的眼睛比较其余的要显得温和一点儿罢了。

“没有什么稀奇，还不是一个样子？”

我的朋友便不再说什么。

我的轿子本来是在第三，渐渐地，第四乘冲上去了。我招呼我的轿夫说："快点儿啊，看看你们就要跟不上了，叫前面的等一等吧！"

"赶得上的，不要他们等！"他们似乎不愿意输气。

话虽这样说，他们的脚步分毫没有加快，而且不到多久，连前面的三乘轿子的影子都几乎望不见了。我很着急，不断地催促他们赶快走，可是无论怎么样，我总是和前面的人愈隔愈远，终于他们在我的视线中不见了踪影！

太阳已经沉西，灿烂的彩霞失掉了鲜明的颜色，路上的行人也少了，这时起了一阵凉风，全山的树木全都披头散发地抖擞着，似乎在欢迎临近了的温柔的夜。

我不住地叫苦，身上的汗直淌，心像要跳出腔子似的那么难过。我在轿里蹬脚大声地喊道："等到了店子再给你们算账！叫你们喊他们等等，你们偏不叫……这样配当轿夫吗？坏东西，明天不要你们抬，我另自换人，啊！我另自换人！"

"呵呵！小姐，你生气！老实地讲，我们跟得上他们男子汉吗？老天偏又不给我们这些人多生两只脚……"前面的一个说。

"什么？你们是女人？"我惶惑地问。

"不是女人是男人？"后面的一个咕噜道。

我的一团怒气完全给这几句简单的话语消除得一丝无存，我由不得随口问了一句："为什么女人也要跑来抬轿子呢？"

"哈！哈！哈！我的老天爷，为什么……"后面的一个大笑说。

“为肚皮啊！小姐！”前面的一个接口道。

这句话一完，两个人合拢又是几声哈哈。

这种笑，在她们也许是单纯的，可是我觉得那里面夹杂着讽刺，夹杂着血和泪，愤怒和呼号，它使我发起呆来，我木然地任她们把我抬着在苍茫的暮色里缓慢地走着。

弄堂里的叫卖声

风雨不改，每天总有许多卖零食的小贩到弄堂里来叫卖，如像瓜、糕饼、香豆、素火腿、酸梅汤之类的东西。每一个人有一个人的特别声调，有的声音尖锐得震耳朵；有的又懒，又长，又低，听去好似一个人在说梦话，又好似烟瘾没有过足，提不起神，而又不得不喊几声的样子；还有的叫里带着唱，很可以使一个初次听见的人发笑。

最讨厌的莫过于卖茯苓糕的人，不管你午后躺一躺或是夜里正要入睡的时候，他总要用那凄厉的、哭一般的声音把你惊醒，那时要是手中有东西，真说不定会向他扔去，但是，一想，算了吧，别人为着要吃饭，拼着不结实的喉咙在做广告啦！

他们的声音虽是不好听，却有着无上的魔力，往往这些声音一来，弄堂里的孩子们就嘈杂起来：哭的哭，闹的闹，跑的跑，各人去向各人的母亲要铜钱买，等到妈妈被缠得不开交了，于是，铜子飞进小贩的袋里，他的货物的一部分移入小孩儿的手里。

交易成功：挑担的，拿木盘的，各自满足地叫着走开了。

黄昏，太阳失掉了它的威力。善于讨好的凉风，把所有躲在屋里的人们都欢迎了出来。过道成了会集所，到处有的是谈话。

“我的大孩子昨天肚泻了一次，今天还没全好！”

“啊！……小三也有些发吐呢……”

“天气太热了，大人都吃不消，还说小人……”

是的，天气过热，容易使人发生病症，不过，那些叫卖的声音过多了，作兴还会使几个做母亲的人哭呢！

但是卖零食的若是不叫卖，或者他的孩子的母亲又会哭了……

附　录

译　文

何　　为[①]

〔俄〕车尔尼雪夫斯基

自　　序

我的善良的公众，这小说的主要价值就在它的真实。且撇开那些热闹的场面和一些诱惑你的文饰，我关心到你头脑里的混乱。我怜悯你，由于在你的精神里蠢动的大量的愚昧，你是无能而且丑恶的。我恨你，因为你对人们是那样的恶毒，而人们又正是你自己，你对你自己为什么是那样的恶毒？我还要埋怨你，你的恶毒，真的，是从你的知识的贫乏而来，这就是为什么我认为我应该来救你。

我的善良的公众！我对你，我没有多大的敬意，这你应该满意我，因为你是多么愿意在轻蔑你的人们面前低头。

只有站在多数方面是使我骄傲的。然而在你里面，我的善良的

① 现通译为《怎么办?》。

公众，有一群人，数目不算少的一群人，是我所尊敬的。对着这些人我是谦逊的，而且甚至是羞怯的。我用不着对他们说明我的意见。我遵从他们的意见，而且我知道我已经接受了这种意见。善良而强壮，诚实而聪慧，你们出现还没有多久，你们却已是众多的了。你们的数目还要一天一天地增加的，如果你们就是公众，我就不必来写作了；假使你们还没有产生，我又不会有写作的可能。你们还没有成为公众，可是你们是公众，这便是为什么我必须来写作，而且我能够写作。

第　一　部

一

1852 年，在一座有几层楼、四道大门、三道台阶临着哥洛火瓦亚街[①]的大房子里的天井后面，有一条污浊的楼梯的四层楼上，住着巴威尔·康斯党提诺维奇·洛沙尔斯基，这座住宅的管理人。他的体质强壮，身材很高。他的妻子玛利亚·亚列克谢夫娜是个又瘦又高的女人。他们有一个女儿，薇娜·巴夫洛夫娜，一个九岁的男孩儿，名叫费底雅。巴威尔·康斯党提诺维奇在部里担任了一个小职务，那里的收入很少，他管理的职务也给他增加不到多大的进益。

“若是旁的人处在我的地位上，就要多挣些钱。”他说，又带着一种夸耀的神气添加一句道，“我要良心。”

十四年中间，他积蓄了一万卢布，其中只有三千才是从女主人

① 圣彼得堡的一条商业街道。

的财富上赚来的，也许她非常地满意他，因为他所赚得的其他七千卢布不算是她的损失。

他把钱用来放短期高利贷。

玛利亚·亚列克谢夫娜也同样地有点儿小资本，“五千。”她对邻妇们说，其实她所有的不止这数目。这笔资本的来源是十五年前得到的一份遗产，因而她也可以放短期高利贷。

她比她的丈夫胆子大，她喜欢冒险。虽然不是时常有钱赚，可是那些损失都很宽舒地由短期快利填补了。所有的机会全好，她又用尽了种种便利的方法。

薇娜在十二岁进了学校，并且请了一个钢琴教师。这是一个正直的法国人，超群的教师，不过常常带点儿酒意，因了这种缘故，报酬就很便宜。

到了十四岁，她成了全家的补缀和裁缝衣服的人。

到她十五岁的时候，她的母亲就开始辱骂她：“你要不要洗洗你的嘴啊？它黑得来好像一个讨饭女人的一样！没有法子使它白净的，好丑啊！不知道你像个什么人！”

在以前，她都是给薇娜破旧的衣服穿，但现在，她却要装饰她了。

薇娜漂亮地穿戴着，和她母亲一道上教堂去的时候，她心下想道：“这种打扮，对于别的女人是合适的，但是在我，哪怕人家再装饰我，我仍旧是一个讨饭女人。美丽是多么好啊！我真想变作一个美人儿！”

到十六岁，薇娜停止了上学，开始教书。她的母亲替她找到一些学生。

忽然，玛利亚·亚列克谢夫娜不再把薇娜叫作“讨饭女人和丑陋的人”了，因为女用人玛特里约娜对她说，有两个上司要来要求和她结婚。一个是她父亲的上司，另外一个还更尊贵些，因为颈项上戴得有徽章。的确，上司的美意在巴威尔·康斯党提诺维奇看来是很显明的。他说过他很愿意和一个没陪奁的女孩子结婚，但是要漂亮，并且说洛沙尔斯基是一个模范的雇员。

他还没有决定主意，正在这时，别的机会又来了。

女房东的儿子，一个少年军官，走来问巴威尔·康斯党提诺维奇要一些纸张的货样儿，这一类的差使照例是由门房办的。于是玛利亚·亚列克谢夫娜和她丈夫的心里就明白了这是什么意思。这位青年人在他们家里逗留了一个多钟头，并且答应喝了杯茶去。

第二天，薇娜的母亲给了她一个当进来的银别针，并且把她带到一个极大的女裁缝店去，在那里，玛利亚替她选了两件很漂亮的长袍，每件花费了五十个卢布。薇娜欢天喜地地瞧着她的长袍、她的别针，除了这些以外，她更欢喜到底穿成了从著名的鞋商哥荷洛夫那里买来的鞋子。一直到现在，她穿的尽是市上买来的恶劣的筒靴。

这些衣着发生了意料中的效果。女房东的儿子到这位管理人的家里来已经成了习惯，这自然是讨得洛沙尔斯基夫人的欢心的，她非常高兴地时常和薇娜接近。

一天晚上，母亲对女儿说道：“穿衣服去，尽管挑你顶好看的穿。我给你预备好了一件你想不到的事，我们要到歌剧院去看戏，我订了一个包厢，我们要挨着一些将军夫人一起坐。”

她们进了歌剧院。在第一幕完结的时候，女房东的儿子走进她们的包厢，后面还跟了两个朋友：一个很瘦的少年，一个肥壮的军官，他们一起坐了下来。房东的儿子开始低声地和瘦的少年说话。

玛利亚·亚列克谢夫娜用心听他们说些什么，但是他们说的是法语，她懂不了多少，只约略地听出几个字——美貌、风流、爱情、幸福，她便不再往下听了。不过究竟在什么时候才向她求婚，这才是她要想知道的事情。

“薇洛奇加[①]不受抬举的，不受抬举的。”母亲悄声对她说，“为什么把背来朝着别人？他们进来把你侵犯着了吗？蠢货，人家给你撑了面子呢……告诉我，用法国话说了些什么？订婚、结婚不是？”

薇娜对她说了。

母亲还是悄声地说：“他们没有说过这一类的话吗？”

“他们不会说的。走呀，妈妈，我不愿意在这儿了。”

“什么？你说什么？”玛利亚·亚列克谢夫娜睁着狞恶的眼睛说。

薇娜坚持道：“我们走吧！随便你把我拿来怎样处置，我还是不要在这儿。迟一点儿我会告诉你这种理由。”

然后她又大声地说道：“妈妈，我头痛得很，我不能留在此地，我恳求你，我们走吧！”

她站起身来。男子们赶忙走来围绕着她。

“等一会儿就会好的，薇洛奇加。”母亲带着又严厉又尊贵的样子说，“你同着米海尔·伊凡尼奇到走廊里散散步去，等一下就会好的。”

“不，不会好的，我觉得很难过，快点儿，妈妈。”

男子们把门打开，个个伸过臂膀来等她。

---

① 薇娜的爱称。

“这个痴孩子，她还拒绝人家呢！”她的母亲心下想。

几位先生帮着她们穿好大衣，一直伴送到车上。巴威尔·康斯党提诺维奇木然地跟在她们后面。

车子开了。

“他对你说的什么？”

“他说，明天他要来探问我的病状。”

“真的是明天？你没有撒谎吧！”

玛利亚·亚列克谢夫娜愤怒极了。她按捺不住，一把抓住她女儿的头发，但是她立刻又抑制住了。

“算了，我不打你，不过有一点，我要你明天欢欢喜喜的，你有一个整夜好睡觉。”

“你晓得的，很久我没有哭过了。”

“明天我要同他谈谈。”

“留心仁慈的天啊，可怜一下你的母亲吧！贱人！”

十分钟过后。

“薇洛奇加，你用不着生我的气，因为爱你我才抱怨你，我是为的你好。明天他就要来求婚呢，你看着吧！”

“妈妈，你弄错了。假如你知道他们说的是些什么！”

“我知道的，要不为结婚，明摆着的，为的什么？我们可以叫他柔顺得像一只绵羊样儿。我把他装在口袋里带到教堂里去。我抓住他的头发，把他拖到歌坛旁边，我担保他会快乐的。好了，就这样，你和他去讲话，依着我的意思来。”

“是的，我得同他谈谈。”

“嘿！你呢，巴威尔·康斯党提诺维奇，你待在那儿好像一块木桩。你说一句话看，表示一下你是她的父亲。”

“玛利亚·亚列克谢夫娜，”做丈夫的说，“你自然是一个聪明的女人，不过这件事是有危险的，你处理得太过于急促了。”

“愚蠢的东西，当着薇洛奇加的面，为这点儿事，我倒犯不着把你教乖了。古语说得好：粪堆子只要你不去沾惹就不会臭的。你只答应我一句：一个当女儿的人该不该顺从她的母亲？”

“当然了，她应该顺从。那没有什么话可说，玛利亚·亚列克谢夫娜。”

“那么，说一句当父亲的人应该说的话。”

“薇洛奇加！好好听从你的母亲的话。她是一个聪明的、有经验的女人，她不会给你坏的教训的。”

车子停在门前。

“够了，妈妈。我已经对你说过，我要和他谈谈。”

“去睡觉去，明天你应该鲜艳一点儿。”

在她们走上楼梯时，玛利亚·亚列克谢夫娜一声不响，这在她已是很少有的事。并且当薇娜不愿意用茶就回到她的睡房去的时候，她费了很大的气力做出一种柔和的声音说：“薇洛奇加，到我面前来，我要为你祝福，你把头低下去。”

薇娜依着她。

“上天保佑你，像我给你祝福这样。”

她给薇娜画了三道十字，伸出手让她亲吻。

“不，妈妈，我已经说过我不愿意亲你的手。现在就让我走吧！”

于是在玛利亚·亚列克谢夫娜的眼里，又重新现着一闪的凶光。但她立即抑制住，反而柔声地说道：“去吧，好生睡觉。”

薇娜一面脱衣服，一面停下手来思索：她把手镯褪下，却握在手里。她摘下一只耳环，独自出神，这样经过好一会儿，她才觉到了她的难堪的疲劳。

她刚刚要睡上床去，玛利亚·亚列克谢夫娜走进她的房间来，手里拿着一只托盘，盘里放了一只巴威尔·康斯党提诺维奇的大茶杯和几片饼干。

“吃吧，薇洛奇加，吃吧！这对你很有好处的，我亲自给你端来。你看，你的妈妈还想到你。我心里想：薇洛奇加没有用茶就去睡觉了，我呢，我倒要吃的。我就给你端了来。喝呀，我的亲爱的小女儿！”

她母亲的声音使她感觉到异样，又温柔又良善，是她从来不曾有过的。薇娜惊愕地把她望着。玛利亚·亚列克谢夫娜的双颊绯红，眼睛飘飘忽忽的，不用讲她是到过了装酒的小橱子那边的。

“喝呀，我看着你喝，等你喝完了，我另外再给你拿一杯来。”

调着上等浓牛乳的茶非常的可口，和她母亲平时叫她灌下肚去的饮料几乎完全不相同。

“等我发了财的时候，我天天要喝这样的茶。”薇娜心里想。

“谢谢你，妈妈。”

“等着，我去给你再拿一杯来。”

她又拿了一杯同样的鲜浓的茶来。

她坐下，静悄悄地过了一会儿，随后就开始说话，她的语调不一律，有时很快，有时把字眼儿拖得极长。

“哈哈。薇洛奇加，你对我说谢谢，你很久没有对我表示你的感谢了。你以为我是恶毒的，不错，我的确是恶毒的，但是一个人不应该是恶毒的啊！我变得衰弱了，薇洛奇加，你还不是，你使得我难过。我的生活是很苦的呀，薇洛奇加。我不情愿你的生活也同我的一样。你得丰衣足食地过一生。你不记得在你父亲还没有当管理人之前我们同他的生活。我们贫苦地过着日子，多么的贫苦啊！在那时我倒是正经的，薇洛奇加。现在呢，我不是正经的了，不，我不拿这种罪过的责任累及我的灵魂，我不欺骗你，我并不说我如今还是正经的。这已经有好久了……你，薇洛奇加，你是受过教育的。我是个没知识的人，但是凡是你们书上所写的，我都晓得。那上面说过不要做像别人和我所做的事……‘你呀！’人家对我说，‘你不是一个正经的女人！’单看你的父亲吧，譬如说，他是你的父亲，他可不是纳丁加的父亲，他很愚蠢，但他却时常拿愚蠢来责骂我，而且他欺侮我。我气愤极了，对他说，哦，你说我是一个娼妇，那我一定做得到。于是生了纳丁加。嘿，怎么样，她就生出来了。谁逼我做出这事？谁在办事处弄到了地位？这件事你父亲的过错比我的过错还要大。人家把我的女儿抱走了，放进婴儿救济所。以后我就不知道她在哪里，不知道她是生还是死……她一定是死了！假如在现在，我不会那样的苦痛，但是在那时，我悲哀到了极点，恶念就在我心里作怪。于是我变得恶毒起来。从这时候起，一切都进行得十分顺利。谁给你蠢材父亲找的职务？是我。谋得房屋的管理人呢？也是我。于是我们一家人就在安闲中过日子了。何以呢？因为我是一个不正经的、恶毒的女人。在你的书里又写着，薇洛奇加，在现今的世上，凡是不正经的和恶毒的人都很幸福。这是真理。因了我，你父亲有了钱，但我比他的钱还要多，我节省一点点面包防老。于是你的蠢材父亲尊敬我起来了，顺从我起来了，他由我把他调摆。

从前，他虐待我，辱骂我，其所以为此，都因为我还不是恶毒的。你的书上又还说得有，人不应该这样生活，你以为我不晓得吗？那上面又说，人是定要完全依着新的方式安排生活，但在我们旧式的制度里面，是没法依照着新的方式过活的。为什么你们不创造一个新的秩序呢？那会是很好的，我知道，不过我们不会看见它，人民过于愚蠢了，不能建立一个新的秩序。因此我们只好依着古老的秩序生活。什么是古老的秩序？就是利用旁人，欺骗旁人。你也得一样，你定要抓住机会，而且还要欺骗。我是因为爱你才对你说这些话。”

玛利亚·亚列克谢夫娜倒在地上，打起鼾来了。

二

当玛利亚·亚列克谢夫娜安然地打着鼾的时候，米海尔·伊凡尼奇·斯脱列席尼可夫正同着几个陪他到戏院去过的朋友和一个年轻的法国女子在一个热闹的饭馆里晚餐。饭快要吃完了。

“斯脱列席尼克先生！”

斯脱列席尼可夫心中狂喜，今晚上那位法国女子找他说话已是第三次了。

“斯脱列席尼克先生，你许可我这样称呼你吧，这样听来比较的顺耳，而且容易说些，我没有想到在你们的集合里单只有我一个女人。我本来希望在这里遇着阿黛利，那会使我十分快乐，我真很少和她会见。”

“不巧得很，阿黛利生了我的气。”

军官想说话，却又忍住了。那个标致的少年连忙说道：“不要听他的，汝里小姐，他不愿意对你说真话，他为着一个俄国姑娘，才把一个法国姑娘丢开了，怕你知道了要生气。”

“我很不明白我们为什么到了这儿来。”军官说道。

“听我啊，塞尔该，因为让请我们来的，并且我也非常高兴和斯脱列席尼克先生认识。不过斯脱列席尼克先生你怎么会有这样不高明的眼光。啊！假如为的是我看见在你的包厢里的那个塞加西亚[①]女人，我倒没有什么话说，但是倘若为了一个俄国女人……”

“你说得太可笑了，汝里！你叫作塞加西亚女人的正是丝毫不差的俄国女人。”

“这倒奇怪，不过她真漂亮，为什么她不去学戏？可是，这只不过就我所看见的对你们说说。还有件事得知道，一件顶重要的事：她的足呢?”

“假如你许可我到你家里来，汝里小姐，我会有荣幸把她的鞋子送来给你看看。”

“给我送来，我要试试看。这引起了我的好奇心。”

斯脱列席尼可夫高兴极了：他受了汝里小姐的青睐，就是踏进高等社会的风流的交际场的初步。

“她的足倒是使人满意的，”让迎合着说，“不过我，我是个讲求实际的人，我留心比较实际的事。我仔细看过她的胸脯。”

“胸脯很好，”斯脱列席尼可夫被人对于他所欢喜的女人所下的赞许的批评激起了勇气，他于是敢于对汝里说些恭维话，这是以前他没有胆量做的，“她的胸脯顶可爱，不过在这里称赞一个别的女人的胸脯是一个大不敬的事。”

---

① 高加索西部山地。

"哈哈哈！这位先生想来把我的胸脯称赞一下！我既不作伪，又不欺骗，也不自夸，更不用拿我本来是丑恶的博取人家的赞赏。侥幸我的确还有一点儿值得自傲的东西。但是我的胸脯，我的胸脯是美好的。让，你是见过的，我的胸脯——略略告诉他们一点儿，那是怎样的。"

她擒着斯脱列席尼可夫的手在她胸脯上来回地探摸。

"按按吧……那儿……这边……你很可以觉到这并不是我的身体。我戴的是人造的假胸脯，犹如我穿了件长衫、一条裙子、一件衬衣一样，并不是这使得我欢喜，我最欢喜的是能够免掉这一切的虚伪，但是习惯如此，有什么办法。"

她由不得流了一阵眼泪。

她陡然站起身来，并用拳头敲着桌面大声地说："你们撒谎呢，你们冤诬人呢，你们全是一些下流人！她何尝是他的情妇，他要拿钱买她，我看见她用背朝着他，我看出她的眼睛里的愤怒和她的厌恶，好卑鄙啊！"

斯脱列席尼可夫给她撩怒了。

"汝里小姐，我对你担保，她是我的情妇。"

"你说得早了，我的亲爱的，你说得太早了！"让打着哈欠说道。

"我并没有撒谎。"

"拿证据给我，我是求实际的人，没有证据，我不相信。"

"我可以给你什么样的证据呢？"

"你看，你逼慌哪，什么样的证据？并不繁杂。这样，明天我们依旧在这儿吃饭。汝里小姐，请你把塞尔该替我们邀请来，我同我的亲爱的贝尔悌一道，你同着'她'来，假如你把她带来了，晚餐就算我请客；假如你把她带不来，就把你赶出我们的团体。”

他招呼饭店老板道：“明天给我们预备一席六个人的晚餐，一顿很丰盛的席面，完全和我同贝尔悌的结婚酒席一样。”

“晓得了，先生。”

“卑鄙！你们不过是一群卑鄙的东西！”

汝里气极了，又接着说：“我在巴黎不过是一个卖淫妇，我一天到晚在盗贼窟里过生活，但是，我从来没有碰见像你们三个人一样的卑鄙的人。你们使我厌恶到，我居然想念起我在巴黎所操的那种职业来了。”

她骤然站起跑到军官身边。

“你呢！塞尔该，你也和他们一样吗？不，你比他们值价些。”

“我比他们值价些。”塞尔该冷冷地跟着说了一声。

“这不是卑鄙吗？你说！”

“是卑鄙呀！汝里。”

“你简直不说话，让他们去干，你也附和着他们。”

“到我膝头上来，我的小宝宝，汝里。”

他于是就爱抚她，使她平静了。

他对她说道：“在这些时候，我多么爱你啊！你是一个这样勇敢的女人。我要能同你结婚，一定很幸福，我已经对你说过不止一次了。”

“结婚就是束缚，就是成见，绝对不行。不过……塞尔该，我的亲爱的，不许他做这件丑事，他怕你，你救救那个年轻的姑娘吧！”

“哟，静一点儿，汝里。这是不可能的事，假使他不做，也会有别的人去做。你看吧，让正在设法从他手里夺取了，一个女孩子当她的母亲要把她当作商品交易的时候，保护她是办不到的。俄国谚语说：并不是用脑袋撞墙壁就可以把墙钻穿。”

“你也只是一个奴隶。法国女人是自由的，法国女人堕落，但是她有奋斗，我不能任他们做下去。这个年轻姑娘姓什么？她住在哪里？你知道吗？”

“知道。”

“我们看她去，我要通知她。”

“一点钟还去？我们倒不如睡觉去吧。再会，让！再会，斯脱列席尼可夫。不待说，你们明天不用等候我们吃饭，你们看她气愤到这个样子。照实说来，这件事本来很使我不快，不过你们对我的意见不大在意，我也晓得。”

三

“你的眼睛不红，很好，你没有哭。你该懂得一个做母亲的人不但不激恼你，反而常常给你说真话。”

薇娜做了个不耐烦听的样子。

“好吧，我不再说什么了。昨天，我睡在你的房间里，或者话说得太多。我喝了一小杯酒，人有点儿恍惚，在这种状态中对你说的话你一定不要当作真的，懂得吗？”

薇娜又看见了原来的玛利亚·亚列克谢夫娜。昨天她觉得好像是人形透出了兽皮，但今天又依然只是一只兽。从前她怀恨她的母亲，昨天她觉得要不再恨她，而且只是怜悯她，到现在她仍旧感到对她的憎恨和厌恶，不过也有着怜悯的心思。

“赶快呀，薇洛奇加！他不久就要来了。”她仔细地打量着她女儿的装饰，“假如你能巧妙地应付他，我送你一对儿碧玉耳环。”

斯脱列席尼可夫到了。他因为昨天晚上大吹法螺受了极大的窘，不知怎样敷衍才得过去。但他有个主意，他问询薇娜·巴夫洛夫娜的健康。

“我是很好的。”

“应该好生利用你的健康的身体。”

“青春也是一样应该好生利用的。”玛利亚·亚列克谢夫娜接口说。

“你没想到，”他腼腆地说，“在这美丽的冬夜里去乘雪橇倒是好玩的。”

“同着谁去？”玛利亚·亚列克谢夫娜问道。

“我们三个去。”斯脱列席尼可夫欢欣鼓舞地回答说。

“我很愿意，”玛利亚·亚列克谢夫娜应许道，“但是我们先吃点儿东西再去，我去预备‘沙古斯基’[①]。你，薇娜，你趁这点儿工夫唱点儿什么歌曲给米海尔·伊凡尼奇听听。”

薇娜坐在钢琴旁边弹起来，唱了一曲《特洛依加》[②]。

母亲躲在门外偷听，心下暗想道：“她倒唱曲呢，杂种！”

她听见忽然一下里面不唱了，她于是长伸着耳朵打算听薇娜说什么话，她一点儿听不懂，她恼怒地叹息道：“我真愚蠢，没有禁止她说法国话。”她从钥匙孔里往里边张望，她心里在想：“她说话的模样儿很温和，又在笑，这倒不错啊！但是他怎么把眼睛那样大睁着？蠢家伙，蠢家伙，对于我们倒算幸运！”

---

① 冷盘小餐。

② 三匹马拖的雪橇。

“斯脱列席尼可夫先生，”薇娜毅然决然地说道，“我要郑重地和你谈谈。昨天晚上你把我弄进戏院去坐在你的包厢里，冒充你的情妇。我预先通知你一件事，就是假如你胆敢在戏院、街头，或者其他地方挨近我的身边，我要打你的耳光。我知道，我的母亲会恨我到死，她会磨折我（就在此时，薇娜微笑一下），不过只算我倒霉！今晚上你要收到我母亲的字条，说我们不能够去乘雪橇，我生了病。”

斯脱列席尼可夫听了，不觉惊慌失措。

“我对你说话就像对着一个不名誉的人一样，也许你还没有到完全腐化的程度。那么，我恳求你，不用再到我们家里来。我可以饶恕你这次的诬蔑，想来你很愿意的……呢！”

她把手向他伸着。他握着她的手，不知怎样做好。

“她聪明呢，我的女儿。”玛利亚·亚列克谢夫娜心里暗想，她在这时还没离开钥匙孔，“她伸手给他。”

“我多谢你。”薇娜说，她的脸色转得温和了，“你赶快就走，借口说去预备今晚上出去游玩的事。”

她依旧坐下弹琴，继续唱《特洛依加》，带着激越的音调。

玛利亚·亚列克谢夫娜带着手里捧着盛“沙古斯基”的托盘的厨娘走进来。

斯脱列席尼可夫踉踉跄跄地朝着门外走。

“你往哪里去，米海尔·伊凡尼奇？”玛利亚·亚列克谢夫娜问道。

“我忙得很，要先去把雪橇定下来。”

“你有的是时候。”

他已经走到门边了。

她跟着他走到门口，回转身，举着拳头向她的女儿奔去。

“你闹了些什么？该死的东西！”

薇娜·巴夫洛夫娜已经不在客厅里，她的睡房的门也上了锁。玛利亚·亚列克谢夫娜尽力地掀门。

“你要是把门掀倒了，”薇娜在房里喊道，“我就把窗子打破救命。但是你就不会看见我活着了。”

等到玛利亚·亚列克谢夫娜气尽力竭之后，她平静下来。

于是薇娜在房里对她说：“亲爱的妈妈，自从昨天起，我就可怜你，你之所以为你，因为你有很多的痛苦。我从来没对你说过话，现在我想对你谈谈，不过要等到你心平气和的时候。你愿意吗？”

这些话并打不动玛利亚·亚列克谢夫娜的心，不过她已经没有力气，她只得在心下打算：“恐怕还是和这孩子好好商量的为妙，不然事情弄不成功，缺了她，人就没办法，也就不能把她嫁给米海尔这蠢货。”

玛利亚·亚列克谢夫娜的心一半在烦恼，一半在运用奸谋。

正当这时候，门铃响了，来的是汝里和塞尔该。塞尔该的制服和汝里的华丽衣饰使得玛特里约娜眼花缭乱。

玛利亚·亚列克谢夫娜也是同样的欣羡，同样的惊愕。当她听见玛特里约娜报道：“N. N. 上校和他的夫人。”

“上校的夫人”到她家里来拜访，玛利亚·亚列克谢夫娜不晓得巴黎的风俗，以为是接待一对儿高级军官的正式夫妇。

“太太，昨天会见你，我非常的光荣。”塞尔该说，“凑巧我的妻子要代她的侄女找一个钢琴教师，她不懂得俄国话，所以我是替她来做翻译的。”

“侥天之幸，我的薇洛奇加学到一样小本领，对于教琴是特别的擅长，她到你尊府去是我的极大光荣。不过在此时她不很适意。”

她于是叫道：“薇洛奇加，我的亲爱的，你愿意来一下，演奏点儿什么吗？”

薇娜打开门，一眼看见是塞尔该，马上红了脸，又愤又气。

“我的亲爱的孩子！”汝里说道，“你看见一个参加过你昨天所受的凌辱的男子来到你家里你吃惊，以为他也许同谋。我的丈夫却不过情面才去和他们敷衍，但他终究比那些人好。你要看在我的分儿上宽恕他，因为我是抱了一番好意来的。”

这简直不是彼得堡全体贵族青年所素识的，言语轻佻到往往使得最下流的人都要红脸的汝里，而是一个小心谨慎的女人，她好像根本就不懂得一个粗俗的字眼儿似的。

“为我侄女功课的事，是一种借口，必得顾全着这点，你替我们弹一个短的歌曲，然后到你房里去，我们就好谈话了。”

薇娜弹了个曲子，伴着汝里走出客厅。

这时塞尔该还是和玛利亚·亚列克谢夫娜谈着斯脱列席尼可夫的事。他对她说他的妻子想同薇娜谈谈话，好让彼此做更进一步的了解。

玛利亚·亚列克谢夫娜对于这些解说觉得不甚明了。

“我的亲爱的孩子，你必须要告诉我，你的母亲是不是和斯脱列席尼可夫同谋？”汝里问道。

“哦，不！”薇娜竭力地抗辩说。

“我们回头再看吧，等我一等，我一忽儿就转来。”

她走去对塞尔该说道：“把昨天打赌的事告诉这位太太。”

“我的妻子说她很欢喜你的女儿，她和她去商定薪金。但是我却愿意继续谈我们关于斯脱列席尼可夫的话。你大大地嘉奖他，你可知道他怎样对人说他和你们的关系，并且为什么他邀请我们到你们的包厢里来吗？”

“哟！我是不欢喜听闲话的，年轻人的话没有一句关紧要。”

“那就请你简单地听听。”

他详细地把昨天的晚餐和打赌的事说给她听。

没有听完，她就狂暴地把话头打断。

“哎呀！肮脏的畜生！恶棍！他打算败坏我女儿的名声吗？所以他要请我们去坐‘雪橇’。在我，我还疑心你们想使我们讨嫌他，好使他和你女朋友中的少女订婚。我十分感激你来通知我。”

汝里见到这种光景，她的判断决定了。她转身走近薇娜。

“你的母亲实际上并不是他的同谋者，她现在恨他。不过这维持不到多久，我可以担保，她会另外给你找丈夫的。以后你怎么办呢？你有亲戚在彼得堡吗？”

“没有。”

“可惜得很。你有情人吗？”

薇娜呆住了不回答。

“对不起，对不起，”汝里接连地说，“没有算了，你简直没有可以逃避的地方。”

她沉思了一会儿说道：“那么，这样，你听我说。我不是塞尔该的妻子，我是他的朋友，所有彼得堡的人全都认为我是一个极其堕落的女人。其实我是有廉耻的，假如你到我家里来，你会丧失你的少女的名誉，并且我也不便再到这里来。最好我们在‘小商场’碰头，那里的人不认识我，我再穿上女用人的衣裳，并且戴上一个较厚的面网。再说，我得降服那个无赖斯脱列席尼可夫，必须叫他任随我调摆。我要把他弄到我家里来走一趟，等到会了他以后，我再和你定个约会。现在我去了，再会。”

薇娜跑过去，抱着汝里的颈项，两个人全感动得哭了。汝里大声地说道：“最要紧的是，没有爱情绝对不能和人接一个吻。”

斯脱列席尼可夫的计划本来是极其简单的，他想象在坐了雪橇游玩之后，就带她们母女去赴约定的晚宴，于是他就可以得到胜利。薇娜的拒绝使他失望，一直到收到汝里的字条的时候，他才解开心里面的郁结，字条上写着：

你处在困难当中，我可以帮助你渡过这个难关，晚上七点钟来看我。

这对于他的失败是一种安慰，希望于是又重新在对他微笑了。七点钟，他到了汝里的旅馆门前。

她带着严重的态度把他请进大客厅，她的面貌却是冷淡的。

“斯脱列席尼可夫先生！”她用一种冷冷的、生疏的语调说，“不用你对我加解说，我知道了，我已经会见过你所诬蔑的那个少女。只有我能够搭救你，你看我用什么方法：就是这封我要读给你听的信，这是写给让的。”

亲爱的朋友：

昨天发的脾气，我今天感觉后悔了。我现在又想参加约定的晚宴，不过我要求你改在一星期后，因为斯脱列席尼可夫急于想获到他的打赌的胜利，你也许有点儿难以决定。但是为使我欢喜的缘故，你就依了我吧！

汝里·得里耶

斯脱列席尼可夫满脸现着欢愉。

“一星期以后，我又再请延期，那时候事情就放冷淡了。”汝里又说道。

“怎么谢你呢?”

“还没有完结。要我寄这封信有两个条件：第一，你以后不再追逐那个少女；第二，你不再提起她的名字。”

“单止这两个！我很快乐地接受，并且永世地感谢你。”

“我还有个忠告，听不听随你。我觉得和这位姑娘结婚，对你是一件完美的事。理由是：你的个性过于懦弱，你有落到一个不善良的女人的手爪里的危险，她使你痛苦，玩弄你。这位少女有好的心肠，她不至于使你不幸。还有一层，如果你使她做了你的妻子，虽然她又贫穷又微贱，但她可以使你在你的生活途程上前进，参加高等社会的交际，以你的财富、她的智慧和她的志愿，她不难占到一个所希望的地位，这对于一个丈夫是有着不可评价的利益，好好考虑一下我对你所说的话。然而我不敢相信她会答应，不过假如她应允了，对于你却是一件完美的事。我不留你了，再见。”

第二天，汝里和薇娜在街上会着，因为天气过于寒冷，这位塞尔该的女朋友没法抑制把这位年轻女子带到家里去的高兴，而薇娜也毫不顾虑到她的名声。

薇娜在汝里的华贵的旅馆里感觉到快乐，还有这个少妇的风韵、她的娴雅和她的自然而然的柔情吸引住她。

汝里详细地把和斯脱列席尼可夫会面时的情形告诉她以后，又说道："现在我的亲爱的孩子，他要向你求婚了，我拿得准。像他这一类的男子，往往迷恋着轻视他们的女人。无论如何，他要来向你求婚的，我倒劝你答应他。"

"可是，你不是曾经对我说过，"薇娜反驳她说，"与其没有爱情给人接吻，不如死的好。"

"我给你说那样的话，是在一个感情激昂的时候，但是生活是最要圆通的。"

"那，决不！"薇娜大声说，"这人是卑鄙的，他使我厌恶，我决不会低头认输的……我宁肯跳窗子跌死，或者去讨饭。"

汝里于是对她解说这种结婚所有的利益。

"你可以免掉你母亲的压迫，要想到你因为生得美貌而犯的危险，你终归有一天会被她卖掉的。他并不是一个凶恶的男子，只是个不很聪明的人，但是一个丈夫稍微有点儿愚蠢而良善，对于一个有性情、有志愿的女人，倒是极合理想的，你可支配你的家庭。以上各种情形，在女人方面最值得希图，而且由于这种自由和权力，你能够得到社会的奉承。于是你就是受着丈夫崇拜的妻子，像受着观众崇拜的女名角一般。"

薇娜截断她的话说："你说我执拗，你问我对于生活所要求的是什么？好，我告诉你，我不愿意支配，也不愿意屈服，不欺骗，可也不装呆。如果我自己没有需要，我就不追求旁的人叫我去求的东西。你想我有什么理由为了别人所谓值得羡慕的地位来做牺牲？我只想自由和依照着我自己的方式生活，不想追求我所不需用的东西。我将来应该怎样，这我一点儿不知道。你说我年轻，没有经验，我会随着时间改变。也许可能，不过在目前还不成为问题。你问我现在愿意怎样，我毫不知道。一个男子的爱情，我也没法知道。比如说昨天早上在我起床的时候，我怎么晓得几点钟以后我会和你亲热起来，并且我怎样地感到这种亲热？同样地，我现在不能够知道当我爱上了一个男子的时候，我所要感到的，我只想做我所情愿做的事。至于别人也可以同样地做，我不想妨害人，也不愿意受妨害。”

汝里一面听，一面想，热情沸腾着似乎挨近了火。

“你说得真对，我的孩子，你说得真对！我要是不堕落，我也要和你一样的说法。而且我的堕落就是由于我的疏懒的习惯、奢侈，由于我没有独立生活的能力而来的，我需要别人，我谄媚他们，我不做我所想做的事，这就是堕落！不要听我的话，我在使你败坏呀！我简直到了接近一个纯洁的人就不能不玷污他的地步了，怎样的痛心啊！逃避我吧，我的孩子，我是一个下贱的女人，不用想到人类社会，逃开一切，逃开！”

四

斯脱列席尼可夫越来越勤地在心下盘算道：“假如我和她结了婚，她的情境和许多人，甚至和所有的人一样。很多的人都用足尽踏着一个地方，只为没有人肯对他们说：‘试换一个地方看。’”

斯脱列席尼可夫学会了富家少年的习惯，他们找贫苦人家的女儿做情妇，在和薇娜殷勤往来的当中，他也没有别的目的。但是他和汝里那一次的会谈改变了他的思想的方向。“结婚”这个字眼儿使他不断地想起，薇娜的拒绝又刺激着他。要不是做他的情妇，就得做他的妻子。占有！这是什么话啊？谁敢占有一个人？只有占有一件室内穿的长袍、一双拖鞋。斯脱列席尼可夫就是给这类的观念和自尊心抓住了。薇娜经过许多朋友的证明，都认为很美丽，而且汝里又给加上一滴油。“我不敢相信她会答应！”我估定她不至于拒绝我的名位和家世，她和我结婚，她是多大的幸福！

另外，还有一种原因使他切想这门婚姻。他的母亲的反对，他拿这种借口以便对她表示他已经不怕她了，他有了他的意志。

差不多过了一个星期，在一个礼拜天，玛利亚·亚列克谢夫娜从教堂回到家里，正在想着再来逗引他的方法，斯脱列席尼可夫就走来求婚。薇娜不肯出房门，他只好和她的母亲说。玛利亚·亚列克谢夫娜异常郑重地回说，这件事使她感到十分光荣，她等到征求了她女儿的意见后，明天早上给他回信。

玛利亚·亚列克谢夫娜对于这事所显现的光景，不大感到快乐。

她对她的丈夫说道：“你相信吗？喂！我们这个丫头真了不起。”

“仁慈的上帝叫孩子变得聪明了。”巴威尔·康斯党提诺维奇严肃地念道。

他在家里向来不算个人物，但是优良的惯例的保护者，玛利亚·亚列克谢夫娜认为在这种重大的情境之下，必得给予一个荣誉的地位给家长。巴威尔·康斯党提诺维奇和玛利亚·亚列克谢夫娜像登宝座似的，坐在一张矮榻上，差女仆玛特里约娜去叫他们的女儿来。

“薇娜！”巴威尔·康斯党提诺维奇开口说道，“米海尔·伊凡尼奇给我们的光荣来向你求婚。我们回答他当然说我们对你不能加以丝毫强制，不过在我们这方面却是十分欢喜应承的。你同意吗？”

“不！”薇娜答说。

“你敢说！”巴威尔·康斯党提诺维奇大声吼道。

“你疯了不是？你胆敢再说！”玛利亚·亚列克谢夫娜暴跳起来，举着拳头。

“对不起，妈妈！”薇娜一面站起身，一面说，“假如你动手打我，我就离开这个家庭；假如你把我关锁起来，我就从窗子里跳出去。我知道你要怎样对付我的拒绝，我已经想好了我所应该做的。请你依旧坐下去，不然我就走。总之我不同他结婚。”

“怎么给他回话呢？”父亲问道。

事情争执了两点钟。玛利亚·亚列克谢夫娜咆哮詈骂，拿拳头恐吓她。

薇娜始终只说：“只要你打我，我就走！”

侥幸玛特里约娜来说吃午饭的时间到了。

“你今晚上还可以好好思虑一下，改变你的主意吧，蠢货！”母亲说。

他们沉默地吃完了饭。薇娜回到她的房里去。巴威尔·康斯党提诺维奇预备睡午觉，但是玛特里约娜来报说，女主人叫他立刻过去。她不住地战抖，当她传话的时候，这是有原因的。

这场纠纷完全是玛特里约娜惹出来的。她乘着薇娜和她的父母全在客厅里的时候，她跑去找着房主家的厨司的妻子，对她说：“你家的主人来向我们的小姐求婚了！”

问到第二号女仆，她说不知道。她马上就去问第一号女仆。

第一号女仆回道："这事我一点儿也不知道，这可以说连安娜·彼得洛芙娜她自己也不晓得，他是瞒着他母亲干的事。"她于是连忙去报告她的女主人。

玛特里约娜自己埋怨说："该死的舌头，会要叫我后悔死的。"

好在玛利亚·亚列克谢夫娜还有别的更要紧的事务忙着。

安娜·彼得洛芙娜不住地叹气、呻吟，而且昏厥了两次。到后来，她差人去把她的儿子寻来。

"米海尔，刚才有人来对我说的话是真的不是?"她带着一种盛怒下的苦恼说。

"什么事情，妈妈?"

"说你求婚……对管理人的女儿。"

"不错，妈妈。"

"你居然不请求你母亲的同意吗?"

"我打主意等着得到回信后再请求你的同意。"

"我以为你应该知道对于她的同意比对于我的更有把握吧!"

"这是习惯，如今要先得到女子的同意，然后再通知家庭。"

"这是你自己的习惯，难道家里的孩子和一个不知谁何的人结婚，做母亲的也得同意吗?"

"她并不是个'不知谁何的人'，到你见了她的时候，你就会承认我的选择是不错的。"

"等到我见了她的时候?我绝对不会见她，我禁止你妄想这门亲事!"

"妈妈，我不是一个小孩子了，我知道我自己应做的事。我担保，妈妈，你不能找着比她更好的女孩子。”

“怪物!”

“妈妈，我们稍微细想一下，不拘早迟，我总有一天要娶亲的，一个结了婚的人比不结婚的消费大。我只能同一个我们家里的收入差不多可以和她相称的女人结婚。至于她呢，可以做你一个恭顺的媳妇，你于是就可以继续和我们一块儿生活下去，和从前一样。”

“光棍！滚开!”

“妈妈，这不是我的错呀!”

“和一个毫无价值的女子结婚，还说不是你的错!”

“啊！不用这样说，妈妈，我不愿意你侮辱她，我走!”

安娜·彼得洛芙娜和第一号女仆商议了一会儿，共同决议之后，就叫人把管理人叫来。

“一直到现在我都是很欢喜你的，巴威尔·康斯党提诺维奇。但是如今因了某种阴谋——也许你并没有参与，结果把我们弄得生气了。”

“夫人！神明鉴临，我是没有罪的。”

“很久以来，我就知道米海尔追逐你的姑娘，我没有干涉他。因为我不至于担心到我们的门第的羞辱。怎么，你的女儿竟然有胆量妄想这门亲事吗?”

“夫人，我的女儿绝没有敢做这妄想。”

“你这话怎么讲?”

“她绝不敢违背着夫人的意旨结婚。”

“你们应该知道我的意旨……我不能赞成这不相称的婚姻。”

“我们知道，薇洛奇加也是知道的。她对我们说过她不愿意违背夫人。”

“这倒是一个懂事的好女孩子。”

“一个恭顺的女孩子，夫人……”

“这使我很高兴，我要奖赏你，我每年给你增加二百四十个卢布。”

米海尔对薇娜说道：“不要坚决地拒绝我，我恳求你，你的拒绝使我活不下去。我得罪过你，我知道，但是我已经忏悔了，给我一点儿时间，让我弥补我的过失。”

心给说软了，她终究让了步。

“我很愿意延缓给你我的决定的答复，不过我得告诉你，这答复将来仍是一样的，我不瞒你。”

“不不，你看吧，你会搭救我的。”他于是吻她的手。

薇娜以朋友的情谊接待米海尔·伊凡尼奇，但是所有家里的人全都把他当着她的未婚夫看待。

五

在女儿的生日的晚上，玛利亚·亚列克谢夫娜的家里开了一个跳舞会。

“乐卜何夫先生，我怕不会看到你跳舞。”薇娜对一个给她弟弟教课的医学生说。

“为什么？难道跳舞是很不容易吗？”

“当然不是，但是对于你却是的。”

“为什么对我偏有这例外？”

“因为我知道你的秘密，费底雅对我讲过，你看不起女人。”

“费底雅没有十分明了我的秘密，我并不是看不起女人，是躲避女人，你知道是什么缘故？因为我有一个未婚妻很嫉妒，她要使我回避她们，她把她们的秘密全对我揭穿了。”

“你有一个未婚妻？”

“是的。”

“啊！一件意料不到的事，一个学生，就已经订过婚了。她漂亮吗？你很爱她吧！”

“她是一个美人儿，我非常地爱她。”

“乐卜何夫先生，再来一次四组舞，一定来。”

“那，好的。”他好像对待一个同学，冷静地、凝重地和她握手。

“哪一次的？”

“最后一次。”

在跳舞的时候，他们重新说着话。

“一直到现在，我们说的都是我。现在，我想献点儿殷勤，我们也来谈谈你。”乐卜何夫说，“首先，第一个问题，你快要结婚了？”

“决不。”

“我也这样想，不过，为什么他会被人看作你的未婚夫？”

“我不能给你解说，那太使我难受了。”

“那就让我来替你说，就是你在家庭里所处的境况太难堪了。”

“现在，还可以忍受。没人来麻烦我，只等待着我的决定。”

“但是，这种情形不能照样永远地继续下去。别人定要来怂恿你，想法压迫你。那时，你又怎样办？”

“我离开这个地方，独立生活。”她慢慢地再念一次，“独立生活！”

然后又说：“说来你要讥笑我，但是我可怜他，他那样地爱我。”

“他爱你？”乐卜何夫摇着头问道，“他像我一样地看你？”

“你的眼光是诚实的、真挚的，毫不触恼我。”

“你看，薇娜·巴夫洛夫娜，这是……哦，不关紧要。不过他，他有这样的眼光吗？”

薇娜红了脸，一句不回答。

“这就是因为他不爱你，这就不是爱情，薇娜·巴夫洛夫娜。”

“那么……”她羞涩地停住口。

“你或许想说，假如这不是爱是什么吗？我们姑且假定这是没关系的，但是这不是爱情，你将来会明白。我们只来看看，什么人是你最爱的？我说除了父母和女朋友外。”

“我觉得我不特别爱什么人，也不很深地爱什么人，但也不尽然。最近我遇着一个奇怪的女人，她对我说了不少的关于她自己的坏话，她不许我和她往还，她却成了我极爱的人。”

“你愿不愿意让她代你做一点儿对于她是可厌或有害的事？”

“这是不可能的。”

“假使你绝对地需要她帮忙，而她对你说：‘我如果做了，我会痛苦终身。’你还坚持不呢？”

“我宁肯死。”

“那就是爱情了。那是爱的情感，不是激情，他们的区别即在力量上。”

薇娜和他握手道：“再会！你为什么不庆贺我？今天是我的生日。”

乐卜何夫深切地望着她。

“也许是……也许是！倘若你不致错误，在我是一种极大的幸福。”

这晚上，在临睡的时候，薇娜心下想：“来得真快，直用不到我等，第一天交谈不过一点钟的光景，变得那么亲密，真奇怪！”

乐卜何夫会说一些具有魔力的、能使一切不幸的和被虐待的人们爱听的言语。

玛利亚·亚列克谢夫娜想明白乐卜何夫的未婚妻究竟是谁，她对他从头问到底。他也殷勤地回答她，对她说他的未婚妻是极其富有的。

费底雅的先生因而在玛利亚·亚列克谢夫娜的眼里长大起来，这是一个值得联络的关系。

她让他自由地和薇娜谈话，并且他坐下弹琴，他可以给她伴奏。

一天，薇娜对他说道：“请你替我找一个家庭教师的位置。”

“尽我的能力去做。”

“我耽误了你不少的时间，我的朋友。”

“用得着提到时间吗？既然我是你的朋友，薇娜·巴夫洛夫娜。”

她微笑而且两颊泛红，她不觉得脱口吐出“朋友”这个字眼儿。

乐卜何夫也微笑。

“你不愿意这个字眼儿，收回去好了，假如你后悔的话。”

“太迟了，而且我一点儿也不后悔。”薇娜又红着脸微笑说。

“倘若有必要，你且看，我是一个忠实的朋友。”

他们握手。

六

薇娜坐在一条凳上等候了好一会儿，她的心不住地怦怦地跳，当她望见乐卜何夫的遮阳帽在街角上出现的时候，跳得更是厉害。到底是他呀，朋友！

“怎么样？”

“不成功，朋友。”

“但是一切都安排好了，你看，甚至我连包袱也带来了。”

“我等一会儿告诉你，你不要失望，我们另找别的办法。”

“人家不要我去当家庭教师，为什么？”

“稍微耐性些，你一定要沉着点儿，沉着才能有成功。”

“我是沉着的，不过太难受了。”

他们沉默地走了一会儿。

“把你的包袱给我拿。”

“不重。”

他们又沉默着，走了很久。

“挽着我的手臂，朋友，你不能够违背玛利亚·亚列克谢夫娜的意思去谋一个家庭教师的位置。”“她好苍白啊！”他心里想。“不要失掉勇气，我的朋友，一切都会安排得好的。”

“有什么安排？你说这些是安慰我的话，实在没有一点儿法子想。”

“她的脸色多苍白啊！”他在心里反复地暗叹道。“我包你有一个办法就是。”

“什么办法？”

“等你平静之后，再告诉你。要考虑它总得要冷静。”

“马上就说，在我不知道以前我不会冷静的。”

“你太激动了，在这状况之下，你不能做一个郑重的决定。明天下课后，我同你说。”

“这太长久了……”

“那我今晚上来。”

“不行，我不放你走，去同我们一道吃晚饭。饭后妈妈要睡觉，我们在那时好说话。”

“但是我同你一道回家，你妈妈要起疑心。”

“不管，你来！”

果然，玛利亚·亚列克谢夫娜看见他们一同回家，非常吃惊。她留心窥察他们。

“我来通知你，我明天不能来教课，我心里烦恼，需要休息。”

“你有什么事，德密特里·塞尔该奇？难道和你的未婚妻有了失和的事？我希望不是的吧！”

“哦！不是。我很爱我的未婚妻，不过我要和她的父母闹气。”

“你这是怎么讲法？和她的家庭闹气？以前我听你说她的家庭很好呢！”

“家庭有家庭的不同，别人对你要求的事超过了你的力量。”

“哦！原来是另外的事情。如果是关于金钱方面的，我明白你的困难。”

“原谅我的冒昧，玛利亚·亚列克谢夫娜，因为今晚上我很烦闷，想在一个朋友的家里快乐一会儿，请你许可我和你们一道用晚餐，并且差遣玛特里约娜出外买点儿东西。得力开尔的店铺就在你们的附近，他那里卖得有上等的好酒。”

听见这些话，玛利亚·亚列克谢夫娜的烂皱着的面孔转变得异样的温和。

“我的酒量很浅。”她忸怩地说。

薇娜躲进她的房间。

“我带他来是妥当的吗？妈妈很不相信的样子拿眼睛死盯他。”她起了自杀的念头。

她听见她母亲的笑声，和乐卜何夫的哈哈大笑。

“他们彼此有什么可以说的？他说话的声音倒不小。

“我得留个字给他，对他把一切都实说了。我和他说过：‘今天是我的生日。’我真冒失，我蠢，我不明白。

“不错，巴黎的不幸的年轻女子全都那样做的。我也学她们一样，那才有趣呢。他们一踏进门，到我的房里，只见满布着带绿色的气体，什么也瞧不着，鼻里嗅到烟味，于是惊骇起来：‘怎么啦？薇洛奇加在哪里？’妈妈大声喊爸爸道：‘你为什么还待在那里，赶快来把窗子打破！’窗子打破了，他们发现我坐在妆台上，脑袋低垂着，两手捧住脸。‘薇洛奇加！’我不作声。‘薇洛奇加！啊，她断气了！’他们大家叫的叫，哭的哭，闹将起来。那真滑稽，妈妈于是述说她是怎样怎样地心疼我。

“但是他呢？他要想念我的。我留个字给他吧！

“对的，我就这样做，我并不怕。我只等他告诉我他有什么安全的办法。他绝对没有，他说有是宽我的心的。

“且听他的声音多快活呀！也许他真的已经有了办法。”

“薇洛奇加，来吃饭！”她的母亲叫道。

桌上摆设着各种各样的冷盘菜肴，上好的香槟，陈年白兰地，“波马耳”牌的葡萄酒，通是乐卜何夫送的。

玛利亚·亚列克谢夫娜和巴威尔·康斯党提诺维奇从来没有躬逢这样的盛宴。

“你应该稍微尝点儿这样好的陈年白兰地，德密特里·塞尔该奇。”薇娜的母亲说。

“我生平酒也喝得不算少，当我在困苦的时候，现在用不着再借酒来增加我的快乐了。”

席终吃点心的时候，玛特里约娜捧上鲜美的咖啡蛋糕和一瓶香槟，也同样是乐卜何夫买来的。

他说道：“轮到我和你喝酒了，薇娜·巴夫洛夫娜，祝我的未婚妻和你的未婚夫的健康！”

“哦！这是可能的，这会是那样的？”薇娜心想，她还不敢就相信她的幸福。

“愿上帝赐给你的未婚妻和薇洛奇加的未婚夫大的幸福。”玛利亚·亚列克谢夫娜说，“我们两个可怜的老人，愿上帝赐给我们早日看见女儿结婚的快乐。”

“那是不会迟延的。是吗，薇娜·巴夫洛夫娜？”

“正是那回事呢！”薇娜暗想。

“你说一声是，薇娜·巴夫洛夫娜。”

“是。”薇娜说。

“用不着瞒哄你的父母。喝呀，薇娜·巴夫洛夫娜，什么都会有办法的。我们碰杯，祝你已近的婚礼。”

玛利亚·亚列克谢夫娜完全给感动了，巴威尔·康斯党提诺维奇眼里含着泪，叫了茶来。但是薇娜的母亲却告罪说她非去早睡不可，她让乐卜何夫和她的丈夫喝茶，他不久也躺上矮榻睡着了。

薇娜跑进房里，忍不住她的快乐。德密特里·塞尔该奇跟了进去。

"原谅我，薇娜·巴夫洛夫娜!"他的声音温和而战抖，"原谅我的冒失，你知道吗？没有人能够把一对儿夫妇分得开的，从这一点上想你可以自由了。"

"朋友，你看，我淌眼泪，这是快乐的缘故。"

七

"薇洛奇加，你到哪里去?"

"我吗，妈妈?"她红着脸，"我到聂夫斯基大街去。"

"我同你一道去。"

她们走到街上，薇娜招呼住一辆马车。

"妈妈，我有话要对你讲。"

"你有什么话?"

"再会了，妈妈，你如果不生气，明天再会。"

"我不懂。"

"我去找我的丈夫。从前天起我就同德密特里·塞尔该奇结婚了。"她一面说一面跳上车子，她把地址告诉车夫，"赶快开车，我多给你小账。"

玛利亚·亚列克谢夫娜呆呆站着，好像受了电击似的，但不过是一会儿的事。她清醒转来，把她的暴怒全发泄出来辱骂她的女儿。

"车夫，抓住她。龌龊畜生！该死的东西……"

“你怕稍微喝了点儿酒吧，太太!”车夫带着笑说。

她挥拳、振臂、双足蹬地，向车夫威胁。一群人围拢来看她。

“照顾我买颗柠檬解解你的酒，太太!”一个提水果篮子的少年喊道。

“不要听他的，太太!”一个肉店的学徒对她说，“柠檬没有用，还是让心里消口气的好。尽管放些丑话出来，我也和你一样地精通，来吧，来呀!”

她终于安静了，回到她的家里去。

玛特里约娜遭了她一顿毒打，她钻到她主母的床下躲着，后来又轮到巴威尔·康斯党提诺维奇的身上。

听见一声叫“开饭了!”女仆才从床下爬出来。大家一声不响地吃着饭。

从玛利亚·亚列克谢夫娜的口里，时常迸出一些不成语调的叫声。结果她对她的丈夫道：“你到东家那边去，对她说你的女儿和这个魔鬼结婚是出于你的意见。你就说：‘我做这件事是为了讨你的欢喜，只有我的女人才是罪人。我是始终遵照着你的意旨行事的，这件婚姻全是我安排成功的。’懂得了吧?”

“是，我懂得了。玛利亚·亚列克谢夫娜，你想得很周到。”

第　二　部

一

他们结婚已经三个月了。两人全都教课，生活仅仅可以敷衍，但要布置一个家庭，就还不够，他们分租了两间带家具的房间。房东是一对儿老年夫妇，他们觉得他们两人的生活方式十分特别。

“像我对你说过的一样，伯脱夫娜，你自己怕也注意到，他们一道过活得好像是兄妹一般。”

“这是一个比较，在自己家人之间，哪里需得那样客气!”

“从没有人见过吧，伯脱夫娜？一个丈夫不敢走进他的妻子的房间，为的是她的衣服没有穿整齐，真是四不像!”

一天，老妈妈对她的老头子说：“达尼利奇，你知道，我问过她了。我对她说：‘我问你点儿事情，请你不要生气，你们不是什么宗派的吗?’‘不是。’她说，‘什么原因使你这样想?’‘因为我不晓得怎样称呼你合适，叫你夫人或是叫你小姐，你真的是同你的丈夫在一道吗?’她笑起来了：‘当然了。’‘不过为什么在你没有打扮整齐的时候，你不和他见面呢?’‘在我不方便的时候，我也不愿意和外人见面，你想我怎么好不梳洗就见我的丈夫？他是我比一切人更爱的。’”

“这倒是真理呀，伯脱夫娜，人所以要垂涎别人家的女人，原因就为看见她是在穿着齐楚的时候，而看见自己的是在容装不整的时候。这在所罗门的圣书和寓言里面写着的，所罗门从前是一个很贤明的国王。”

他们很幸福，薇娜·巴夫洛夫娜无时不是愉快的。

一天夜里，在他们结婚后的五个月，德密特里·塞尔该奇教了功课回家，发觉他的妻子特别的兴奋而快乐。几天以来，他已经注意到她的面庞上浮露着一种愉快的思想和温柔的自尊心的表情。

“朋友，你有快乐不愿意同我共享吗?”

“愿意的，不过要等两天。等到定准之后，我会给你说。”

“什么事？”

“呀！你忘记了我们的条约。决不作兴问，等到定了，我自然要说的。你的朋友奇尔沙诺夫知道了也会欢喜，别的也一样。”

一星期以后。

“我的亲爱的，我要告诉你什么事使得我高兴了。你要指教我，你看，很久以来我就有心做点儿有益的事情，我已经找着了，我要组织一个缝衣女工生产合作社，这是很好的不是？”

“让我亲你的手，薇娜·巴夫洛夫娜！”

“等等，亲爱的，等我成功以后。”

“到那时就不是我一个人的特权了，所有的人，奇尔沙诺夫和其余的朋友都要亲你的手。在这以前，我有优先权。”

“强迫吗？我喊救命啦。”

“喊！”

“我的亲爱的，你太过分地褒奖我，你把这事情过于看重了。”

“我的朋友，你值得我这样。我们大家都在说，我们只知道空口说，一点儿什么也不曾做。至于你，你是顶年轻的一个，你做出了榜样。”

薇娜把头倚在她丈夫的胸膛上，他搂着亲她。

“聪明的小脑子。”

“算了吧，我求你。你看，不能和你说一点儿话了。”

“算了算了，说呀，我顶顶的好人！”

“不要这样叫我，我禁止你！”

“那么，我的可恶的人！”

二

她开始找了几个熟练、聪明的女工，她不愿使她们觉得突然，一直到做了一个月共同工作以后，她才对她们解说她的计划。

“现在彼此都很熟识了，我可以说你们都是善良的女工、勇敢的女子。你们也不至于说我是糊涂人，所以我可以吐露我的心事。假如你们觉得有什么不合情理的地方，不要毫不加以思索就抛置在脑后。是这样的：有见识的人说我们可以组织一个缝衣女工生产合作社，在这社里的女工比平常一般的所得的工资多。我于是想做个试验，根据第一个月来看，这话好像是正确的，我在你们原有的工资上给你们增加你们应该分得的红利。”

她把她的各种账簿拿给她们看，里面记着所有的收入、支出，以及住房的租金、电灯费、杂费的细账。

“你们看，除了一切开支，我还剩有不少的钱，这就是红利，这一次你们大家拿去分用。以后，我们再看是不是有法子用得对你们更有利益一点儿。”

女工们感激得不知怎样说话。

她又说道：“现在我来给你们解说比较难懂的事：为什么我不把赚得的钱独自留着和别的女裁缝一样？第一，因为我丈夫和我虽然不富有，我们却也不缺少什么，我全副的热心是在我打算和你们共同组织的工厂上，这并不耗费我什么，你们也不要以为我打算从我的热心上抽取利益。我经营使我愉快的事业，我得到不用金钱换来的快乐。我从哪里得来的这种热心？从书本里。从书本里，我学会了劳工组织的新方法，就是目前我们所要做的。你们看，有的人想建筑一所美丽的房子；有的人栽种美丽的树木，或者设立一个温室，想使眼睛舒适。至于我呢，我要组织一所美丽的缝衣工厂，使我的灵魂得到快乐。”

乐卜何夫生了病，他的朋友奇尔沙诺夫是一个医生，以极大的热心为他治疗。亲密的友谊在薇娜和他两个人中间逐渐发生，他于是成了这个家庭里时常来往的客人。

绝没有一种嫉妒的感情损害了乐卜何夫对薇娜的爱。他根本没有怀着占有的观念，而且些微一点儿勉强的意思在他也觉得是一种渎犯。薇娜的幸福才是他不断地操着心的事，只要多少使得她幸福，就是他生活中的极大的快乐。不论距离或时间，都不能把他和她隔开，因为在他的脑里，无时不呈现着她的影像和她的思想。

他很高兴看见奇尔沙诺夫具有艺术的知识，这是他所缺乏而偏是薇娜所最嗜好的。

他时常叫他们两人去听音乐或进戏院，他却一心专注在他的工作上，他就是去了，也只感到谛视他的妻子的容貌的快乐。

奇尔沙诺夫感觉到由于艺术的同好所发生的危险。他一天一天地受着薇娜的有诱惑力的风致的影响，他决定要断绝这关系。他以某种近情的理由为借口，逐渐地减少到他们家去的次数。

三

慢慢地，不知不觉地，这种思想在薇娜的心里成熟了。凡是关涉奇尔沙诺夫的，他的温柔的言语、他的动作、他的态度，都成为不可消除的回忆。他疏远她的理由日甚一日地萦绕着她的心思，那个埋伏在她灵魂深处的问题竟然上浮到她的意识界来：“为什么我要这样地想念他？他对于我算是什么人？”

一天晚上，薇娜·巴夫洛夫娜在房里缝衣，心里想着许多事，她的家庭、她的工厂、她的功课、女工，渐渐地，不知道为什么，她的思想走向一天比一天更甚的钩搅着她的心的事情上去。“我怎么了啊？”她的手指忘记抽针，缝的东西从手上落到地下。她红了脸，既而脸色转成雪样的白。

她狰狞着两眼，跑到她丈夫跟前，喘息着、哭着对他承认说：“我爱他！”

他想要安慰她，便安静地说道：“那么，我的亲爱的，你为什么要烦恼呢？”

“我不愿意伤了你的感情，我要爱你。”

“你且试试看，如果你做得到，更好。你安静一点儿吧！你对我有极浓厚的爱情，你不至于伤我的感情的。”

他抚摸她的手、她的头、她的脚，她渐渐地平静了。在他，他老早看到这一着，他何尝显得镇静？不过她没望见他的脸色。

“我简直不要见他了！”薇娜·巴夫洛夫娜说。

“凡是对你合宜的，你就做。等你平静之后，我们再谈，无论发生什么事，我们始终是朋友，这一点，你是很明白的。把手给我，你看，你把我的手捏得多么紧！你记得，当我们结婚的时候，你对我说：‘你要给我的自由。’你记一记我们的第一次谈话，我们谈到‘爱一个人’这句话的意思是什么，就是因他的快乐而快乐，见着他的幸福而自己感到幸福。凡是使你幸福的事，都使我快乐，为什么你要烦恼？假如你没有不幸，我的不幸从哪里来？”

她搂抱并且吻她的丈夫，紧紧地贴在他身上，反复地说道：“我要爱你，我的亲爱的，我的唯一的人，我除了你，不愿爱别的人！”

“最好的忘忧的方法是做工。”薇娜·巴夫洛夫娜心想。

她不离开她的工厂，一直要延挨到天晚才回家。

内心的交战是难熬的，她的容颜变得惨白了。不过在表面上，她却是镇静的，甚至勉强欢笑。

乐卜何夫对这个也很了然。

“薇洛奇加！”他对她说，“我们恰恰吻合了一句陈古的俗语：‘鞋匠终归穿破鞋。’在我们教给别人生活上的经济原则，我们却不应用在我们的生活上。一个大家庭比几个小家庭合算。假如我们和别的人一道生活，他们来和我们同住，我们要节省一半的费用。单是工厂的薪俸就足够我们的开销，我可以不再去教那些使我厌恶的可咒的功课，单去研究科学。但是要找跟我们合得来的人。你以为怎样？”

薇娜·巴夫洛夫娜的眼里含着一种怀疑的、愤怒的表情。

“我请你停止这一类的谈话，这类的谈话走了边了。”

“这是为什么呢，薇洛奇加？我只不过说的我们的金钱上的利益，并不值得可厌。我们又不是有钱人，我的工作太苦，一部分还使我厌恶。”

“这些暧昧的话是些什么意思？”

薇娜·巴夫洛夫娜站起来。

“快把你心里想说的话说出来吧！”

“我想说，顾虑到我们的利益，最好是……”

“闭嘴！我是受保护的人吗？假如你再说下去，我要恨你！”

她生气地走回她的房间里，把门关起来。

这是他们第一次的，也是最后一次的口角。

在深夜的时候，薇娜·巴夫洛夫娜走到她丈夫的房里。

“我的亲爱的，我对你说了些难堪的话。但是你不要生气，你晓得的，我是在挣扎。你不但不帮助我，反而在我希望能够抗拒的正在斗争的那方面助威。”

“对不起，朋友，我做得太鲁莽。气已经消了，你愿不愿意我们现在来讨论？”

“有个条件，你不要冲撞我，我已经挣扎得够苦了。”

“你错了，薇洛奇加，你的感情是你所想不到的真实，你应该感觉到过。”

“不，亲爱的，我要爱你，我不能叫你受痛苦。”

“朋友，你希望对我好，你以为你不断地折磨你自己，对我是舒服或是有益吗？”

“亲爱的，但是你那样地爱我！”

“诚实，薇洛奇加，我很爱你。但我们两个人都是了解什么是爱情的人，爱情的意义，不就是对于所爱的人要乐其所乐，忧其所忧？”

“不过，我的可怜的亲爱的，要是我对于这种情感让了步，你会痛苦。我自己想不到它怎么会来在我心里，我诅咒它！”

“怎么来，和为什么来，同是一样的。如今只有两种选择：或者是你痛苦，由于你痛苦而我也痛苦；或者是你不痛苦，我也不痛苦。”

“但是，亲爱的，我不会痛苦的，那会过去的，你看看，会过去的。”

“我感谢你的努力，我敬重你这些努力，因为这表现着你有做出在你认为必要的事的毅力。那在你觉得必要，对我却不尽然。我知道你的处境比你本人还清楚。我晓得那没有用处，不拘你怎样尽力地奋斗，对于这上面，我的观察的态度你是知道的，这种态度是不可摇动而又是正确的。你也承认，你会欺瞒我？你会不再敬重我？不会的，对吧？并且，你对我的感情变了性质，难道就减低了？差不多适得其反。因为我没有成为你的仇敌的缘故，这种感情反而会变得更强烈。你不用为我担心，我的生活不至于悲惨的，因为你的幸福不会因了我而被剥夺，只这一点就够了。在我对你说这一类话时，我心里很难过；在你听我说时，你也是难过的。仔细考虑一下我所说的一切，薇洛奇加。”

四

奇尔沙诺夫医生在医院里辛苦了一天之后，很迟地回到家里。吃过饭，舒适地躺在一个绵软的沙发上，抽着雪茄，看书消遣。

乐卜何夫出其不意地走来，他勉强用着开玩笑的声调说道：“我没有预先通知你就来了，打扰你，亚历山大。没有办法，有点儿事想和你郑重地谈谈。”

“这是什么道理！他已经猜着了？”奇尔沙诺夫心里想。

“我们谈一会儿。”乐卜何夫一边坐一边又说，“把眼睛瞧着我。”

“是了，他想说那件事，毫无疑义。”奇尔沙诺夫心里想，同时用了郑重的声调说道：“你听，德密特里，我们是朋友。不过有些事哪怕就在朋友中间，也不能容许，我请你停止这种谈话。我现在并不打算要做一次重要的谈话，并且也决不打算。”

他怀着敌意，死死地瞧着乐卜何夫，好像对一个他疑心怀有犯罪企图的人似的。

“不说是不行的。”乐卜何夫以稳静而又含糊的声音说，“我知道你的用心。”

“闭嘴！我不许你这样说，要是你不打算使我做你终身的敌人，要是你不想失掉我对你的敬重。”

“然而你从前却不怕失掉我对你的敬重，你记得不？现在一切都明了了。”

“德密特里，我请你走开，不然就是我走开。”

“你不能走，你想我是为你的利益打算吗？”

奇尔沙诺夫不作声。

“我的处境是有利的，而你的就不然。我在表面上完成了一个高尚的行为，其实是纯然愚妄的举动，但是良心只许我这样做。我求你，亚历山大，你赶快停止你这种用心。”

“怎么？难道这不会太迟了吗？原谅我！”奇尔沙诺夫连忙说。他自己不明白是悲还是喜使他在激动着。

“不，你没有懂得，不算很迟。一直到如今，还没有出过一点儿事，究竟会有什么，我们将来会明白。现在没有什么可以知道的，并且我也不明了你所说的是什么。亚历山大，我们彼此都不懂，是不是？我没有什么话对你说。现在我们的谈话完结，我不过在我和你告别的时候，我请你和从前一样，时常来看望我们。再会！”

奇尔沙诺夫的眼里闪着愤怒的光。

“德密特里，你好像安了心叫我对你怀着一个轻蔑的念头。”

“决不，但是你总得时常到我家里来，难道我们不是朋友？我的要求有什么古怪的地方?”

“我不能来，你在做一件不合道理因而是丑恶的事情，我请你给我一个解说，德密特里。”

“没有什么可以解说的，你居然为了这些琐事来生气。”

“不行，你不同我弄清楚，你就不能走。”

乐卜何夫又重新坐下。

“你拿什么权利对我要求这么困难的事?并且有什么用?简直是愚蠢。赶快把你脑子里所有的罗曼蒂克的空想一齐打扫干净，倘若不把我们现社会的精神状态和习惯变更过，我们所认为正常的生活绝对不会实现。这种社会终有一天要凭借教育的力量变化的。但在这之间，你没有权利拿别人的命运去犯险。这是一种非常可怕的事，难道你不晓得?你疯了吗?”

“不，亚历山大，我实在不懂得你何以对于一个朋友的简单的要求怀着这种特别的意义，他不过请你不要忘记他，时常去看他罢了。”

“那种要求是不体面的，我不做不体面的事。”

“这倒很值得称赞，不过一个人为别一个人求快乐，而不至烦扰到他自己，那么所行是不背于他的利益的，因为这在他自己本是感到幸福的。”

“都是些蠢话，德密特里。”

“还有一个问题，假如我们有了一种需要，抑制它有什么用处?只有让它扩大或者使它同着生命本身一起毁火。”

“总有一天，凡是人所需要的东西都可以得到满足，不过我们还没到那时候。”

“现在，我们假定有三个人，其中的一个有了秘密，他对第二个，尤其是第三个隐瞒着。第二个人猜着了第一个人的秘密，对他说：‘答应我所要求的事，或者对第三个揭穿你的秘密。’你想怎么办?”

奇尔沙诺夫苍白着脸，把他的胡须拧了好久。

“德密特里，你对我不怀着好意。”

“一点儿也不是。这下，说定了，你来看我们。”

奇尔沙诺夫惶惑地看了一阵他的指头，然后说道：“我来！不过有一个条件，不要让我单独和你的妻子一道出去。”

“这是一个得罪我的条件，亚历山大。你以为我当你是一个贼吗?”

“我不愿意给你这样的侮辱。我毫不迟疑地可以把我的脑袋交在你的手里，我对你也能有同样的希望。”

乐卜何夫就盼望着这几句话。

“谢谢你，朋友。”

他们第一次互相抱吻。

第　三　部

1856 年 7 月 11 日，在圣彼得堡，挨近莫斯科车站的一个旅馆里，发生了一个极大的骚动。出事的前一夜，旅馆里来了一个提着手提箱的旅客。他照例把护照交纳之后，叫人给送了一壶茶一份炸牛排到房间里，并且关照第二天早晨八点钟去叫醒他。

等到用人去敲他的门，里面却没人答应。他用力敲，依然没有用，他拿支手杖用尽气力再敲，总是没有声息。旅馆的人员全都到齐了，又去报告旅馆主人，他才决定当着警察面前把门打开。

屋子是空的，旅客不见了。警长走到一张桌子跟前，看见一张纸，上面用大字写着：

> 我在今夜十一点钟走了，我不再转来。夜里两点到三点钟之间有人会从利特纳亚桥上听见我的声音，请不用疑心任何人。

“就是那件事了！”警长说。

于是他对旅馆主人叙说真的有人在利特纳亚桥上听见一声手枪响，尸身找不着，只捞到一顶遮阳帽。

所有的人都想看看那顶帽子，大家全证明说那是夜来的旅客所戴的。

同一天，挨近中午的时候，薇娜·巴夫洛夫娜在嘉米野尼岛①上专为消夏租来的一所小别墅里，一面哼着歌，一面缝衣服。

一个年轻的女佣走进去。

“你看，玛霞，我缝得多快，我差不多把袖头都缝好了。这是我做来给你在结婚时候穿的。”薇娜·巴夫洛夫娜说。

“你给我绣的全都特别的好看。”

“我想过，新嫁娘应当是特别美丽。”

“这里有你一封信。”

薇娜·巴夫洛夫娜呆住了。信封上面印着彼得堡的邮戳。

---

① 就在彼得堡附近。

“怎么的？他不是到了莫斯科吗？”

她急忙地把信拆开，她的脸泛白，她的拿着信的手软了。

“不，不可能，我读错了。”

她重新又读，这一次，她的圆睁不动的眼珠再离不开信纸，死盯在几行字上。她的明澈的眼睛愈来愈模糊，信从她的无力的手里落到缝衣桌上，她用手蒙住脸，于是号啕大哭起来。

“我做的什么事，我做的什么事？”

“薇洛奇加！你怎么了啊？你是从来不哭的。”

奇尔沙诺夫刚刚细心细步地走进来。

“读……信在桌上……”

她不哭了，她也不动，只是哽哽咽咽的。

他拿着信，他的脸色变白，他的手打战。虽然只有二十个上下的字，他读得极久。

> 我扰乱了你们的安宁。我去，是因为不要出面。不必为我伤心，我是很爱你们两个人的，我对于我的决心很高兴。永别了！

他擦着他的额头，站了许久。继后他拧他的胡须，再后他望望他的外套的衣袖。终于，他厘清了他的思绪，走到她的身边。她还呆着不动，几乎没有呼吸，好像落了魂一样。他握着她的手：“薇洛奇加！”

她跳了起来，像触了电似的，带着恐怖地叫了一声，气愤地把他推开：“走开，不许沾惹我，你染着血，他的血流在你身上！我不忍看见它，我要离开你，我要走。你滚！”

在她面前的东西，她全都推开，她把手向空中也乱推。忽然，她站立不稳，倒在一个沙发上，用手蒙着脸。

“他的血也染在我的身上，染在我的身上！你不是罪人，只有我才是……我才是！我做的什么啊，我做的什么啊！”

她哭起来，喉咙都塞住了。

“薇洛奇加！”他畏怯地叫道，“我的朋友……”

她哽哽咽咽地用一种战抖着的声音说道：“亲爱的，不要管我，过一点钟你再来，我就会安静了。递杯水给我，你走！”

他默默地依从了她。他走回他的房间，坐在他曾经欢愉地做过工的写字台上。有一刻钟光景，他拿起他的笔。

> 处在这样的时期当中，应该知道镇定自己，我是有毅力的，一切都会过去……那是会过去的。

他的笔尖不知不觉中，在一篇不知道是什么样的文章中间写着。

> 她忍受得住吗？这太可怕了，幸福就从这里来……

忽然，他听见隔壁房间里的声音：“亲爱的，好了，我们来谈吧！”

声音低微，可是镇定的。

他走了过去

“亲爱的，我们必须分手，我已经下了决心。这太难堪了，但我们见着面尤其难受。我是谋杀他的凶手，我因为你的缘故把他杀死了。”

“薇洛奇加，这不是你的过错。”

“不许这样说，不要替我开脱，或是让我恨你。是我，我一个人才是一切的罪人……你听，朋友，我的决定是：我离开彼得堡，离开使我记起过去种种的地方。我把我所有的东西变卖了，所得的钱可以支持一些时候……往哪里去？到特威尔，到日尼，我都不知道，却也没关系，我去找一些唱歌的功课来教授。只要我住在一个大城里，我就去找；如果找不着，我就去谋一个家庭教师的位置。

“我希望我不会有紧急的事情，假如偏偏又遇着了，我会来求你。你看，我并不拒绝你的帮助，朋友，这足以证明你于我永远是亲爱的……现在，我们就告别了，永久地分别。你必须离开这里，马上走，马上走，我独自一个人的时候会觉得稍微好过一点儿。明天我就不在这里，你可以再来。我要到莫斯科去，到了那里，我再看什么地方找着教书的机会，就是我安身的地方。我不愿意你到车站来送我。别了，我的亲爱的，把手给我，这是我握它的最后一次。”

他想吻她，可是她把他推开了。

“不，不这样，决不可这样！这样是侮辱他……他！把你的手伸给我。”

在这紧紧的一握中，聚着他们所有的爱情。

他不放开她的手。

她把手缩回去。他不敢违拗她。

“原谅我！”她说，她的眼里蕴满柔情，她足步安详地、头也不回就走了。

经过三小时，奇尔沙诺夫走了以后，薇娜·巴夫洛夫娜略为宁静点儿，心里想："我不能够就这样把合作社抛弃了。"

玛霞走出花园的时候，碰见拉黑麦托夫，他已经绕着这座别墅巡回了半个多钟头。

"你出去，玛霞？有很久的耽搁吗？"

"不错，我要晚上才回来，我有许多事要办。"

"薇娜·巴夫洛夫娜一个人在家里？"

"是的，只是一个人。"

"我到她那里去，我可以替代你。"

"我不待招请就自己来了，薇娜·巴夫洛夫娜。"他开始说道，"但是，我遇见亚历山大·玛忒维奇，我通统都知道，并且我决定晚上来和你谈谈，你或许有需要得着我帮忙的地方。我就在办公室，假如你有什么事，请你唤我；假如有人敲门，我会去开，用不到你麻烦。"

他走到隔壁房间里，坐到写字台前面，从衣袋里掏出一大片面包夹火腿。吃过之后，又喝了一瓶水。然后他走到书架前面，细看上面的书籍。"这就是了，这就是了！"一本是达尼耶尔的《预言》和圣约翰的《默示录考证》。

他欣然地沉溺在这一册仿佛经过一百年没人读的书本里。

女朋友麦尔查诺瓦来了，她陪着薇娜流了些眼泪，她尽力劝慰她，并且答应接替合作社的职务。继后，又帮助她检选收拾她的行李。

拉黑麦托夫到面包店买了饼干来，把茶炊烧好，斟出茶，大家坐在桌子旁边喝茶。

他对两个悲泣的女人说："既不为医治不好的身体上的痛苦，又不为避免一种像受车裂刑一样的痛苦的死，而去自杀，真是蠢得很！"

他斟上第六杯茶，倾尽奶油罐子里贴底的奶油，吃完其余的饼干，对两个女人敬了礼，便回到办公室。他重读着《默示录考证》。

将近九点钟的时候，他去开门，让市政府的职员进来，通知薇娜·巴夫洛夫娜的丈夫在利特纳亚桥上开枪自杀了。

等到麦尔查诺瓦走后，拉黑麦托夫关上《默示录考证》，郑重地把它放回原处。他叫玛霞去问薇娜·巴夫洛夫娜，可不可以和他谈话，她说可以。他以冷然的态度，毫不忙迫地走进去。

"薇娜·巴夫洛夫娜，现在我可以安慰你了，这是以前都是不可能的。我对你说，我遇见亚历山大·玛忒维奇，并且说我知道一切。但是我可没说过是谁告诉我的，我是从德密特里·塞尔该奇那里知道的。"

"德密特里·塞尔该奇？"

"他在我家里逗留了两个多钟头，他预先通知我他要来，要不然，他就碰不到我。他把那个使你这样痛苦的字条写好以后，在我家里待了两点钟，这是他……"

"怎么？你明知道他要做什么，你竟然没有劝阻他？"

"我请你安静点儿，你自然会安心的。不错，我不曾劝阻他，因为他的决心是很合理的……"

"你这是什么意思？"

“你自己过一会儿就会看出来。他请我夜里来和你谈谈，知道你一定很痛苦，他委托我对你办一件事情，无论是感情，是恳求，都不能够叫我不办。他早已看出来你要求着违背他的心愿，他希望我不要因你的哀告让步。所以要软化我也没有用的，我预先告诉你。这就是他‘为不要出面而去’时委托我的使命……”

“我的上帝，他做的什么？你怎么没有拉住他？”

“在抱怨我以前，你须要明白这句话：‘为不要出面’。他在你收到的字条里用过，我们也一样地应用它，因为它很恰当而又选择得合宜。”

在薇娜·巴夫洛夫娜的眼里，露着惶惑难解的意思：“我不懂，这些是什么意思？”

“就这样，我的意思是，依照着他的恰当的用语在他‘为不要出面’……”

薇娜·巴夫洛夫娜跳起来。

“在哪里？给我！你在这里一个整夜，还不给我！”

“因为当时是需要如此的，你以后会赞赏这种道理。但是我首先得对你解说我所谓的‘安慰的结果’，对于这，我们的谈话是要达到的……”

“不要难为我了，拿给我吧！”

“稍稍耐性点儿，德密特里托我拿给你看，叮嘱我不要给你留下……”

“怎么？你不愿意给我？”

“不，德密特里把我选上，显然地就因为别人处在我的地位，一定会因了你的恳求让步。”

“那么，拿给我看，快点儿给我看！”

“这封信是一封意义重大的信，它不可留在任何人的手里。我估定你要抢夺它，所以我一定要小心从事。”

他给她指定一把椅子，距他约有半码远近。

“坐在那里去，你隔远着读，手放在膝头上，并且对我发誓，在我拿信给你看的时候，你的手不抬起来。”

她一扭身坐下去，柔顺地把手交叉地放在膝上，用着痛楚的不耐烦的声音说：“我发誓不动！”

拉黑麦托夫把一张信纸摊在桌上。

刚刚她把眼光射到写着的几行字上，她忘记了她的誓言，她立刻跳起来去抢它。

信纸不见了，拉黑麦托夫已经抓到他的手里，高高地举着。

“哈！我早已料到了，我何尝把手松开？如果你稍微细心一点儿，你可以看得出，现在我不放手了。”

薇娜·巴夫洛夫娜重新坐好，重新把手交叉在膝头上。拉黑麦托夫重新把信放在她的面前。她以同样的感动反复读了二十多遍。

拉黑麦托夫手按着纸，耐心地望着她。

一刻钟过后，终于，薇娜·巴夫洛夫娜缓缓地抬起了手，这一次没有怀着抢夺的心思，只不过把手蒙住她的眼睛。

“他真好，他真好！”她说。

“我并不觉得他好，对于这点，在我们最后这次谈话中，我同他说过我的意见。他是托我把这张纸给你看，看了就烧掉。你已经记得了？”

“哦！让我再看看。”

薇娜·巴夫洛夫娜把眼睛盯在纸上，不停地转动，她显然地在用心暗记。读了又背，看她是否记得，现在这封信连书法的细节都完全刻在她的记忆里面了。

我并没有自杀，我不过要逃开警察的眼光，和给你一条再婚之路。努力爱奇尔沙诺夫，他是值得你爱的，你们应该快乐。至于我，一个重大的工作需要着我，我要替自由俄罗斯的建筑奠上一块基石。

我抱吻你们两人。

乐卜何夫

“现在我看你已经记得了，时间已经到半夜，我还有话对你说。”

薇娜·巴夫洛夫娜没有听见他的话，她一心专注在她的心事上。

拉黑麦托夫燃了一支蜡烛，把信烧了。

“啊！你做什么?”薇娜·巴夫洛夫娜叫道。

“一定要烧掉，我已经有了抄样儿。”

拉黑麦托夫坐下。

“现在听我说，你打算走开，为什么?”

“假如乐卜何夫自杀了，我在彼得堡生活着太过于苦痛，这里的多少纪念尽引起我回忆到他。”

“你以为在别处，你的痛苦可以减少吗?也许略微减少一点儿，不过把依靠着你的五十个人的命运放在危险中，这还可以成为理由。”

拉黑麦托夫失去了他的沉闷的庄严语调，他说话时带着激烈而且有一种充满活力的天真。

“不过我已经请求麦尔查诺瓦，要她来代替我。”

“她担任得起这事情？她还没有拿出她的证明来，我对这事很怀疑。合作社难免要倒闭，你的走，危及了五十个人的幸福。所有这一切，不过为着让你的痛苦得到一点点的小和缓罢了。你对自己是多么的贴心周到，对别人是多么的无情呀！”

“真的。是我的错！”薇娜·巴夫洛夫娜说着，略带一点儿严肃的微笑。

“还不止此。”拉黑麦托夫说，“你，你现在已经安静了，你想到玛霞在这时候还熬着夜，然而你本知道她早上是起得很早的。好吧，我去告诉她，叫她睡觉去。”

薇娜·巴夫洛夫娜显出懊悔的神气。

“好了，现在我去给你拿饭来，你一定饿了。”

“实在是。”她笑着说。

拉黑麦托夫叫玛霞去睡。他从厨下取出冷肉、奶饼、一罐盐渍香菌，然后把刀叉摆上。

“拉黑麦托夫，你是我的天使。但是你为什么等了一个整天不把信给我看？为什么要折磨我到这么久？”

“因为要避免许多的怀疑。因为必得使旁人眼见着你的失望，让自杀的消息广布出去。”

“你真狡猾，拉黑麦托夫！”

“不是我，是德密特里·塞尔该奇，他自己安排的一切。”

“他真好！”薇娜·巴夫洛夫娜叹息说。

“我们同意，我们且稍微看看。他的最后的行为是对的，没有话说。不过，他还是免不了有过失，甚至于是够大的过失。”

“我不许你这样说，拉黑麦托夫，否则我要生气的。”

“你反对吗？你要受罚。”

“罚我，罚我！拉黑麦托夫。”

“好，温顺值得受奖赏。不用说，你有一瓶好酒，你很可以把它喝下去。”

他在葡萄酒橱里找着酒，他给她斟了一小杯，他也点燃一支雪茄。

“你不喝？你叫我好生奇怪，拉黑麦托夫。你丝毫不像我所想象的人，为什么你平常是一个沉默寡言的怪物，今天又这样高兴呢？”

“薇娜·巴夫洛夫娜，我完成了一个快乐的义务，为什么不该欢喜？但是为着要使我在你的心里依旧是一个阴郁的怪物，我继续对你的罪过加以攻击。”

“我的罪过你找到了两种：一是对于玛霞的不关心，一是对于合作社的忽略。”

“第一种是轻微的，第二种可就重大了。”

“你已经对我说过。”

“还没有说得够。怎么？在建设一个模范的合作社的时候，你算是实现一个异常美妙的事业，一个第一次健全的劳工组织的试验，对于我们社会主义思想的应用的可能给了一个显著的证据。你如今才要甘冒失掉它的危险，将我们思想的光荣的声誉化成它们的无用的证明。”

薇娜·巴夫洛夫娜的面庞因感动而通红了。

拉黑麦托夫又觉得她可怜。

“我看得明白，你之所以居心犯这种罪过，只是因你过分地烦恼的缘故。真正的罪人，是那个使你这样深沉的沮丧的人。但你却不断地念道：‘他多好，他多好！’”

“哦！你把我的痛苦通统归罪到他身上去。”

“当然了。”

“倒是不应该有这种感情，我没有居心找它，我努力在抑制它。”

“你不应该有，全不是，你的错处不在这上面。这种感情在你和德密特里·塞尔该奇的个性发生冲突时，不论依任何一种方式，它都会发达起来。这种感情的实质不是对于别一个人的爱，爱别人是它的结果，实质是你们的结合的不满意。如果你们两个当中的一个或全体都少受教育，性情凶狠、粗暴，这种感情就会以通常的形式产生：夫妇不和、不断地毁伤、互相侵蚀，就如我们时常在大多数的婚姻里面所见到的家庭的牢狱。这种情形，也制止不住对于别一个人的爱，不过爱了别人，主要点仍旧会是家庭的牢狱、相互的争闹。在你们当中不至发生这种情形，因为你们两人都好，于是不满足的表现取了别的一种温和的最无妨碍的形式，就是爱一个别的人。不过我再三地给你说，本质还是不满足，不满足的原因，由于你们个性的不同。等到你已经成熟，你和德密特里·塞尔该奇就显然地彼此不能相洽了，这是没有什么损害的。拿我来做个例吧，我并不是一个坏人，然而，你却不能和我一道生活，否则，几天以后，你会给忧愁死的。”

“真的。”薇娜·巴夫洛夫娜大笑道。

“他并不是一个郁闷得像我一样的怪物，但在实际上，你们的个性相差太远，他自己应该比你先感觉到。他比你年纪大，他应该预防这种不满足，不应该等到这种不满足的结果。但你总说他好，他爱你。”

薇娜·巴夫洛夫娜拦阻他道：“我不愿意再听你的了，拉黑麦托夫，你攻击一个我对他有无穷的感激的人。”

“一定要听我的，薇娜·巴夫洛夫娜，你要晓得，当我认为必要的时候，没有人能够避免和我谈话。倘若一直到现在，我把这些话一句也不对你说，是因为时候未到。你已经看见了我把德密特里·塞尔该奇的信摆在我的袋里放了九个钟头，我可以对你说，我是在可怜你，我知道守口。”

薇娜·巴夫洛夫娜非常愤怒地叫道：“闭嘴！拉黑麦托夫，我请你走出去。”

“这很好！”他含笑说，“不，薇娜·巴夫洛夫娜，你不要把我赶走得这么容易。我早就预防好了，烧过的字是德密特里·塞尔该奇自己要写的。还另有一张，经了我的请求他才写的，这一张我可以给你留下，这并不是一个证据，拿去。”

薇娜·巴夫洛夫娜凝视着那张小纸条。

薇洛奇加，亲爱的朋友：

凡是拉黑麦托夫对你所说的话，你都要听他的。我不知道他将对你说些什么，然而我知道他绝不会说出无益的话。

你的 D. L.

七月十一日夜两点钟

薇娜·巴夫洛夫娜捧着字条亲吻 。

“为什么不早给我呢?”

“为什么？因为一直到现在，毫无必要。”

“天呀，你不懂得！为了使我得到他在我们分手以后亲手写的几行字的快乐。”

“倘若专是为了这个，就不算得很重要了。”他含笑说。

“拉黑麦托夫，你在想方设计地使我生气。”

“哈！这张字条在我们中间又成了一个新的争论的题目。”他带着开玩笑的口吻说，“我只有将它收回来，烧掉。你很知道，你和我都是一班人在背后所说‘他们没有一点儿是神圣的’的人。现在，你愿意我再往下说吗?”

“说，我不得不听你的。”

拉黑麦托夫很沉着地说道：“德密特里·塞尔该奇不曾注意到一定会明明白白摆到他的眼前来的事，因此发生了不好的结果。我们不能拿这点来归咎于他，却也不能替他辩解。他明知道在极不相同的一男一女间的结合是不稳定的，他应该给你准备着这点，而不应该让你有精神上的扰乱，使你受到非常的痛苦。为什么你甘心忍受那样多的苦痛呢？因为要不使他受到丝毫的烦恼。在这点上，纯然是一种想象，你怎么能够揣测到他会有烦恼？这是出自愚蠢、出自嫉妒!”

“你不容许嫉妒吗，拉黑麦托夫?”

“有智慧的人没有嫉妒，这是一种反自然的、错误的、卑劣的感情，这种感情把她的丈夫或是他的妻子看作不能借给人的衣服或是烟斗一般。嫉妒就是把人类当成他的财产、他的物件的这种观念的结果。”

“假如我们不容许嫉妒，那就会使我们得到一些可怕的结局。”

“假如我们是甘做嫉妒的牺牲者的话，但是在已经从这种感情解放了的人，其结果就毫不可怕，甚至还不要紧。”

“你在宣传不道德啊，拉黑麦托夫!”

“你说这种话，在你和德密特里·塞尔该奇共同生活了四年之后，这些地方就是他的错处。你说，你每天吃几次中饭？一次。为什么不吃两次？因为你的胃口是正常的。但是假使发了一种奇想，或者起了一种病态的欲念，使你想多吃一次呢？是不是怕使某一个人难过，你就忍住不吃？如果一个人要因而痛苦，或者竟阻拦你，可是在你饿的时候，你仍然要吃的，不过采用不好的方法，藏着慌慌张张地吃，弄得一身污浊。问题不是在道德与不道德，而是在认识背着人做的行为是不是一件好事。

“能够看重嫉妒是些什么样的人，是优秀分子，是最好的为数不多的人，他们是些生来就有反抗不道德的天性的人。至于其余的人呢，这些想法一点儿也不能维持他们，反而只使得他们奸狡、欺骗，就是变成坏人，我自己是知道的。

“现在我算是达到我来这儿的最后目的了。已经三点钟，你要好生多睡。我对玛霞说过要到十一点半才唤醒你，吃早餐的时候、到车站的时候，都告诉过她了。当心不可让玛霞有工夫看出你的安静的态度。你先走，奇尔沙诺夫会来和你聚齐，然后你和他再一道转来。”

“对我是多么的细心周到啊!”

“有这样的事，不要把人情都归给他了，这不是他想到的，是我。”他临走时说。

“你到什么地方去?”

“去找他，帮他的忙。”

“我们跟你们一道去，奇尔沙诺夫和我。”薇娜·巴夫洛夫娜骤然热情地说道。

“你们不能去，朋友。”拉黑麦托夫用着温柔的声音说，“你们对于我们的事业有妨害，我们的工作超过你们的力量。各人应该顺着各人的个性去过他的生活，赴死不是属于你们的事，你们生来为的是生，组织它，美化它，消除爱情的奴隶，提高亲吻的尊严，使所有的爱人们都了解：没有平衡，心里不会纯洁，心灵不会自由……你们是生活上的爱人……至于我们……”

“至于你们?”

“乐卜何夫和我，我们生来是为着战斗的……我们是思想上的情人……我们用来进行那个伟大斗争的许多残酷的手段使我们和我们的刽子手同时消灭。别了!”

薇娜把他拖住。

“你就这样离开我，没有一句亲切的话，仅仅的一下握手……并且我们也许是绝不再见了。”

“说不定的。”拉黑麦托夫凄然地说。

静了一阵。

过后，忽然一下，他对薇娜·巴夫洛夫娜说道：“让我来亲你。”

于是他大踏步地走了。

白 甲 骑 兵

〔法〕F. 玛尔格里特

这是战后第二个夏天，德国还占据着法国的东部。在一些村子里，我们看见驻扎着穿黑制服的普鲁士人，车站的月台上却是穿蓝制服、戴着有绒饰头盔的巴卫耶尔人的守卫。

我到了十三岁了，我想象还是被一些悲惨的事件的打击扰害着：最先是战争和巴黎公社的恐怖，我们父亲的死亡；其次是我的在阿尔惹①一个村庄的花园里，在日光中自由生长起来的梦一般幸福的童年丧失，而现在的年华却在弗勒施②的布里达米军官学校，收容军官子弟的学校里的阴森黑暗中显得黯淡了，我穿的就是这学校的军服，我是一个长得太快的、笨拙的中学生。

在乡下，阿底宜附近，圣·郎伯尔别墅的主人，保罗·D的朋友家中所过的八月的假期是异常愁惨的。若是不说艰苦备尝的日子，

---

① 阿尔惹：法国在非洲的殖民地。——译者

② 弗勒施：法国军官子弟学校所在的城名。——译者

又说什么呢？我们有时也把口闭住，像给过重的威力压制住了似的，于是，悠长地从眼光里暗暗作心事。我往往在那寡妇的披纱下面，看见我母亲的被眼泪浸洗着的微笑，看着她一苦恼，我们的主人们总是知趣地叹息着把头掉开。

天是那样的澄碧，一个令人欣喜的夏天的麦穗已成熟了，树木的青绿和金黄的色彩，各种田野的花白白地夸耀着它们繁荣的精神，对于我却毫无兴味，一种莫名其妙的愁烦妨害了我的跃进和生活的本能。我觉得紧连着边境，曾经战斗和互杀过的阿尔得纳这块地上有着死意。死啊！它隐隐地、可怕地在这些以前曾经大炮的车轮碾压，给兵队践踏，布满了子弹和蒸发着尸气，如今又开了花的田野，重新发绿的树林上面飞翔了。

我把这些事想得过甚了。它们在白天以一种黯淡的幻梦的氛围，在夜晚以一些焦灼的思虑包围着我。所有生长在这混乱时期发育不完全的儿童，由此在心里得到一种间歇热，所以我们的小说的时代是阴郁的。

保罗・D是个极好的人，他时常因为我这个不知道玩耍的小孩儿的自感飘零和忧郁的样子，而加以怜惜。于是他叫我骑在他的高大的马上，带我到附近的农庄上去，因为他是自己耕种他的田的。

我欢喜他，因他对我讲我的父亲，他是父亲的最后辰光的朋友。当他听见父亲受了伤，他就赶到塞当去，他亲眼看见父亲死，他从塞当到比国的波览别墅，受伤的人落了最后一口气的地方，陪伴了父亲六天，看着父亲临终的痛苦。

这些诚恳的照顾和对于这纪念上他所怀着的深情，在我眼光中造成保罗・D的极大的威信，他使我对他比恭敬更甚，我也佩服他，孩童期是本能地倾向于仁爱的精神的。凡是他所有的都使我欢喜，他的诚挚的目光、他的体力、他的激昂的正气，这种像一匹良马竭一身的全力发散出来的热情。

多少次，我见他因为回忆到我们的失败，是多么奋激啊！看见德国人还占领着我们的国土，他的脸色变得苍白。在大战期中，他们曾经强占过他的别墅，睡在他的床上，喝了地窖里的酒。普鲁士王把圣·郎伯尔作为司令部，常常在经过乡下时，想不要碰见演习的普鲁士兵，我们总是绕大圈子走。

记得有一天，在一个村子里，我们碰见了一列步兵的散队，队伍后面的行列隔断了，要想勒转马头已经来不及，但至少可以赶快走过。

“快跑！”保罗·D说。

在那条有兵器相击声的干燥的路上，我们昂着头，放开阔大而高傲的步度，又迅速又凶猛地冲了过去，惊得那些步兵只有闪出队伍来让路的时间。其中一个没有移动，就给撞倒了。

“跑呀！跑呀！”保罗·D重复地说。

他的目光变得狞恶起来，并且我知道倘若把普鲁士人踹死了，他也是不会抱歉的。

我们的旁若无人的举动触恼了骑在马上的指挥官，因为没一会儿工夫过后，他就骑着马追到我们后面来了。听见这追赶的声音，我们的牲口给撩怒了，把鼻尖高仰起来。但是保罗·D使它们恢复了原来的步度，要不显出逃奔的样子，命令道：“单是跑就行了！”

军官由于自尊心的缘故，打算不用大跑就把我们赶上。这是延续了几分钟的马赛。后来，我见保罗·D轻蔑地回转头，遥望着隔得远远的军官，他这时正在狂奔，马肚几乎贴了地，他的身子倾斜在马颈上。

“慢慢走!”保罗·D于是说。

只消看他紧皱着的眉头和咬紧着的牙齿，我就预料到一种可能的冲突。老实说，我真害怕，但不是替他担心。他的骄傲的态度鼓舞了我，我觉得我也像一个成年人般的勇敢。侥幸德国人思索了一下，看见有人在等待他，他立地就打回转了。

又有一次，为了什么事，我同保罗·D那天要搭火车到勒特列去呢?我简直想不起来了。但我却很清楚地记得，我们把所有的登车梯子都跑到了，把车厢的门推开后，立刻又关上，里面塞满了穿制服的普鲁士人，没有一个车厢是单为法国人的。

“上车呀，先生们，上车呀!”

火车开动了，保罗·D把我推到一等车里去。无意中，落在一片青蓝色的烟雾里，透过这层烟雾，在角落上，显现出三个柏林队的军官，他们正在抽着大支的雪茄烟。

正对着我们，是一个魁梧的白甲骑兵，他很恭敬地把手举在帽檐上，给我们敬礼，使我们也不得不给他回礼。那三个柏林人呢，他们却没有动，用皮带紧紧裹在他们的黑制服里，在饰有红线条的平顶军帽下，板起他们的可厌的脸孔，灰褐色的八字须、粗暴的蓝眼睛，其中有一个戴了眼镜。他们傲然地继续抽着烟。

骑兵善意地瞧着我们，像一个预备要想攀谈的人的神气，他差不多是在对我微笑了。也许是看我穿的布里达米的制服感到了兴趣吧，在这套制服里，不知道由于怎样幼稚而又沉痛的骄傲，因是被敌人杀害了的军人的儿子，因是要复仇的未来的军人，我挺直了我本来脆弱的身躯。

这位金发巨人的模样非常和蔼，可以说他穿的呢料是和雪制成的一样，在他像盾状般凸起的胸上飘拂着一部和他的帽线与高级军官徽章同样黄金色的鬈曲的胡须。他那筒子很高并嵌有镀银环子的拍车的马靴，闪耀着黑漆的光芒。他带一股西浦尔酒的气味，他的有力的手收拾得极清爽，左手无名指上戴着结婚戒指，或者他已经有几个和我同样年龄的孩子吧。所有这些观察，我从杂乱中把它们分别清楚，哪怕有那种隐隐的怨恨，使我对一切的普鲁士人都作如是想："杀死我的父亲的，也许就是他吧！"

我很明白，不能把这一个人当作我的敌人，并且这使得我屈服了。他的慈父般的眼光，压住了我的感情。

车厢里充满了叫人窒息的烟气。保罗·D决然地打开了玻璃窗，眼睛瞪着吸烟的人，从衣袋里取出卷烟，选取了一支，神色好像是要说这样的话："我也有抽的权利吧！"我想。

但是他感到没有带自来火。骑兵看出他的不耐烦来，十分亲切地把一个金属的打火机递给他。保罗·D略为迟疑一下，点燃了火，点点头，却不作一声。

继后，金发的巨人又从一个雕花的烟盒里取出一支雪茄，这回却是保罗·D把他的烟灰抖掉，递火给他的。这个德国人用以表示谢意的动作和微笑，比起他刚才的要算显明，他的十分诚朴的温和，好像是在告罪，在我们的面前，他竟是扰乱的来客、得胜的敌人。

他重新看着我，指着我的红蓝色的制服，好奇地问道："是圣·西尔军官学校吗？"

保罗·D用一种我明白是由于爱国的排外心的诳话回答他说：

“是梭姆尔军官学校。”

这把我说得太年长了。在弗勒施，我不过是一个可怜的四年级寄宿生，正受着国难的痛苦。

“这真是!”骑兵说，“多么小的年纪啊！多少岁了?”

保罗·D代我回答道：“十六岁。”

忽然间，觉得有愧他的诚实，他需要点儿骄矜，于是把手放在我的肩上，大声说道：“这是在塞当被杀的骑兵大将军马尔格里特的儿子。”

一听见这话，三个普鲁士士兵机械地掉过头来，用同样自然的举动给我们行了个军礼。是由于这种意料以外的敬礼呢，还是由于摇着头与我表同情的骑兵的温和的目光呢？一股酸辛冲上我的眼睑，我紧咬着嘴唇，使我不至哭出来。

三个黑衣的军官以严肃的同情对待我。其中两个把手上的雪茄掷掉，一个向另一个咕噜道：“Ya Wohl（对，不错），非洲的骑兵!”

一阵静默，在这时，我们每个人都以内在的眼目重见着已经流为传说的、骑在亚拉伯马上天蓝色骑兵的袭击。在一片吹得嘶嗄的号中，疯狂的战马和骑士尽量地奔腾，刀剑闪着明晃的光耀，冲进一条血路，直对着锐利的尖端，他们全陷入这赴死的一战，英雄们就消灭在这次的大难中了。

这种回想是极紧张的，而且它所唤起的是国家危殆、帝政倾覆。巴黎围攻后又被烧毁，和议的成功费去了五十亿佛郎和两个省份的代价，添了无数的寡妇、孤儿，没有一家不哭泣的，但是压迫者还在蹂躏我们的土地。

是的，这种太残酷的回忆，使得我们——法国人和德国人，为要回避大家眼目的传神，各个把头掉开。

白甲骑兵微声叹息道："我的兄弟是死在弗乱失非列尔的，他是一个骑兵队的队长，他骑在马上给一个炸弹碎成了两段。"说着，他的眼睛里含了一泡眼泪。

一个较年长、模样并不算很老的普鲁士军官于是冷然大声地说："我的儿子也是在斯特拉斯堡阵亡的，为了国家！"

白甲骑兵举起浮着一层北欧的雾似的眼睛望望保罗·D，从他手揽着的黄金色的胡须里，他叹了一口气，带着那种雕像所有的沉思态度，说道："战争真是悲惨的事呀，先生！"

这样开了头，我们彼此间的谈话由不得就继续下去，却是大家都在抑制着感情，所以话头有时竟被骤然的静默打断。我们想互相客气地努力，每每在想到了又不好说出口的地方停住。火车的停驶，结束了这很奇特然而也含着一点儿感伤的韵味的不安。

我们下了车，保罗·D和我，我们向着车站上的饭店走去。

白甲骑兵也跟在我们后面，他也走进餐室。人家给我们斟上两杯葡萄酒，他就叫给他一杯。当人把酒给他斟好的时候，他把酒杯端着，举得和颜面一样齐，有礼貌地说道："我喝这杯酒，祝你们长寿！"

他放下空杯，搜出一块金圆，要去会他的账。但是保罗·D已经抢先把钞会了，用一种有礼而干脆的举动拦住他的手说："账已经会过了，先生。"

在一个极短的沉默后，那个诚恳的巨人才明白过来。

"哦！"他谦让地说。

他显得有点儿为难，金圆还捏在指头上。等到他得了一个主意的时候，他微笑地望着我，并且，意向很显明地把手放到柜台上去。那里有用绸带拴着的，有用玻璃纸包裹的，堆积着兰省的小面包、可可糖、阿费尔尼的点心，千种百样的可口的食物。一种难为情又不好说出口的赠送在他的嘴上嗫嚅着。

“多谢你！”保罗·D说，“孩子不要什么。”

我的脸涨得通红，在这要坚持赠送的柔情的瞧视之下，我急急摇着头吃吃地说道：“我没有饿。”

“他不肯要。”保罗·D解说道，“Er will nicht。”

于是这位军官挺直了他的高大的身子，简单地说：“抱歉！”

很有礼貌地，他就不再坚持了。他把手举在帽边上，让我们走出来，但是没有再跟随我们。我们于是又上了另一个纯然是法国人的车厢。

决　心

〔法〕T. 雷米

在这屋里，每层楼都拦着有的一道阳台上，比加尔太太从早上起就洗濯到现在。她的丈夫做了工刚回来。

“到底，”比加尔太太说，“我还是做完了。”

她把肥皂放在她身边的窗台上，她的手在她手里搓出来的泡沫之下，发出黄金的反光。她的丈夫一面看她做事，一面在想他今天早上和乳饼一同带回来吃简单的小餐的洋葱。

“我从来没有见过这样污黑的蓝色。”她说，“你做什么去来，把你弄得这么肮脏呀？”

她说话时，并没带着强烈的语气，每一个字都像坏水果样的滞重，个个都落下来就烂掉了。她露出她那冒着热气的手，她把手藏在蓝方格花纹的围裙里，由于不愿意叫板刷把小件衣物刷破了，而用手搓洗，以致手指已经摩擦坏了。

她坐在窗缘上。

天井里，一些破旧的车子业已朽烂不堪了，孩子们常常在那里嬉戏，把上面的车辕和螺丝钉都拆毁了。

在更高的一层楼上，一件上衣把袖子鼓得胀胀的，以便收进从门前吹进来的、来自街上的一阵一阵的风。

对面一家邻人的窗子大开着，房里小床上，一个病孩子正在翻阅一本书目。

“你晓得沙尔班的孩子是在出麻疹，他是从学校里惹来的。前一天他还在街上同别的孩子一道玩儿，这会弄得通通都要传染上的。”

欧惹纳·比加尔不回答。

“欧惹纳真有趣，就像在暴乱的日子一样，”她心想，“他在瞎想呢。”

从他回家来就没有说过一句话，他把报纸翻转拿着读。

“你在想些什么？消息好吧！”

他吃惊地蹦了起来，他打算揉揉眼睛，但他又没有揉，他并没有困去，恰恰相反。

她动手把衣服晾在阳台的栏杆上，有些晾在扯在厨房里的绳子上。等她转过身来时，她看见他依然是原先的那样子，报纸放在两腿之间，一只手弹着。背给新的责任压得弯曲了，她并不怀疑。

“你在想些什么呢？”她又问道，“是不是你们又要罢工了？”

她吐出了一句使他对她的问题一概都听不见了的话。

“有人说起这事。”

“你打算怎样办呢？”

“和往常一样，奔跑，全做。”

她便不再追问了，对于他的决定，她没有一句话可说，她也感到他是失掉了勇气的。

他再没有洪亮的语音来说出那些动人的、吸引人的话了。他嚼弄她的话，好像一种没有味儿的烟丝一样。并且自从有人提起这一次的罢工，就使这些话在别人头脑里转着，她们已失去了她们的情味。

“你恐怕别人的不肯附和吧!”

他摇头表示不是。

因为看不见他那多快活的常态，她在预备添几块木炭的时候，对他说道:“所有的人尽都熬够了这种生活……你还不是一样的。这显然得很……我须得再洗洗我的手去。”

比加尔重新把报拿起来，想随便找些可以把他的思虑引开的故事。但没有一点儿是可以使他避开现实的，对于这现实，他妻子的最后一些话就已说明所有的意义了。他们一齐都熬够这种生活了，那是真的。在工厂里的人和在外面的人同是一样的，他们大家无论在什么地方，都受够了，除了做工以外，没有其他希望。只希望还有一个月的、半个月的、八天的工作，对于这，大家都在自家的心里想，当必须吼出来时，就大家都到一起，以便使勇气增加。在这以后，就是赶出工厂，失工，到招工荐工处去排队。

“一直到现在，我们总算是跑脱了。”她说。

在墙隅的三角架上，放了一个用来盛零碎东西的圣水盘，在盘的上方粘贴了个白色基督像在一个绒做的十字架上，这是住居在兰斯的姑姑去朝里也斯圣母院时带给她的。她记起了今早上，她曾把一个在床上拾得的法郎装在里面，并没有多少东西剩给她来度过这一星期了。她吃惊她会想到十字架上面去，她于是又觉到是陷落在失望之中。

“跑脱？不！不应该这么说法的。”

比加尔当他的妻子表示了对他的信任时，他就欢喜，也表示着他对她的信任。他把报纸折好，立了起来。

“我们已经比旁人好点儿了，因为实在算得幸运。十年来，还没有想去买国民航空发财彩票啊！”

他忽然一下又软了劲。

“这下，我要有好几天没有回来。”

“住在外面吗？”

他又陷入了新的忧惧。

“除了我们现在所做的事，就没有别的法子可想，你懂得吗？我们如今只有二百人做工了，以前是两千人。我们当中没有一个不感到对于他的自尊心和品格有了个创口，有了个伤痕，当有人说到工作，没有一个不感到痛苦，当有人触到我的生活、我们的活动时，怨恨充满了我们的袋子，这袋子沉重到我们须把背脊弯下来走进工厂去。但我们一定还要装出笑脸，好像里面装的是轻风。因为就是怨恨，你又会怎样呢？徒使你成为坏工人、成为懒汉。那么，你就生有建造伟大事物的手，也做不到把面包分给众人吃。所以，并不是怨恨，也不是失望，也不是困苦和饥饿在产生刚强的人。是生在这世界上来，就为的改造这世界的这种意识，是责任的意识，是共同的责任的意识使人刚强的。”

他的妻子倾斜着身子，她在一个水桶里洗涤一束破布，从那上面滴下大滴的蓝色水，那必是使衣服漂白的。他觉得她也和他一样的苍老了些。他于是想起了许多在田里做工的妇女，她们做完了一条畦子之后，坐在她的用具把子上休息，疲劳得没法可以站立起来。

“他在胡思乱想呢！”她心下想道。

在他那给白昼的最后的光照着的头上，闪耀着顽强的头发。

在另一回，在别的一种情况中，他曾经说过：“如今是不会死的了，只要你让铁钉钉进手里，人一天比一天死亡得多点儿了。我们全是些濒死的人，我们把我们的全部生命尽放在死路上去，工作治疗不好我们的任何苦痛。”

他横来顺去地走着，洗衣的水淌到地上，限制住他的行步。对面的房子挡住了视线，只有这方块的天井透出了毫无底止的天空，这时也充满了阴影。

“你什么时候烧饭呢……”

“那你是不是和别人一样的，晚上必须我给你送食盒去呢？”

“是的，”他说，“你听着叫子，因为我们和每天一样，还是要放汽笛。我们要住在机器旁边，那是我们的，我们制造的，我们爱惜它们就像爱惜我们的臂膀一样。”

她看看时钟，已经八点了。她把泡在水里的黑色学生式的工衣拧了起来。

“因为你们已经决定了，这很好，你们是有道理的。枉费的工作太多了，无益的劳苦也太多了。”

她是一个质朴的女人，旧有的确实性的信念在她的骨子里牢不可破地显现着。

她喃喃地说道：“靠半途而止的功夫，进不了天堂的，应该要为未来去做整个的牺牲。”

她还看了看挂在红绒十字架上的合金造成的基督像。

“我相信你，”她说，“我相信你们，我们就是受苦，也并不是白费的。”

耶稣降生的槽边的牛和驴子

〔法〕J. 苏贝维勒

在伯利恒的路途上，约瑟赶着驴，驴背上驮着圣处女。她的体量很轻，一心只顾到她身上的将来。

牛独自跟在后面走。

到了城里，这一伙寒伧的旅客闯进一所荒废的牛圈，约瑟马上就动手做起事来。

“这些人，”牛心里想，“究竟是不寻常，且看他们用两手和两臂做出来的，那一定比起我们的蹄子和蹄胫要强得多了。就说我们的主人吧，在料理安排种种的事情上，没有比得过他的，把曲的拉直，直的又弄曲，该做些什么就做什么，不懊恼也不忧闷。”

约瑟走出去，没到多久就转来，背上扛着干草，但那是多好的草啊，既硬健，颜色又晒得金黄，单只这草，已是奇迹的起头了。

“那在做什么？”驴子暗暗地想，“他们好像在铺一个小儿的床铺。”

“今晚上或者有需要你们的地方。”圣处女对驴子和牛说。

为要懂得她的话，两个畜生彼此对望了好一会儿，然后才睡下。

不久，一个轻微的但是通过了全天空而来的声音，又把它们惊醒了。

牛站起来，看出槽里有一个赤裸的婴儿，正安睡着。它于是就用呼吸匀称地、毫不忘记地去嘘暖他。

圣处女用一种含笑的眼光对它道谢。

一些生翅膀的人物进进出出，装着看不见有墙壁，他们从那里多容易地就穿过去了。

约瑟又带着向邻妇借到的襁褓回来。

“这才真正是奇妙啊！”他用他的木匠的声调说。在那种情形之下，稍微重了一点儿，“这时是夜半，也是白昼，本来一个太阳竟自变了三个，但它们正想互相并合呢！”

天发亮的时候，牛起来了，很小心地下它的脚步，生怕把婴儿吵醒了，把人生的花朵残踏了，或者冲撞了天神，什么都变得奇妙地困难起来。

有些邻人们来看耶稣和圣处女。这尽是些贫苦人，他们能够贡献的只有他们一张欢迎的面孔。过后又来了些别的，送来了胡桃和一支笛子。

牛和驴子稍微闪开了点儿，以便让出他们的过道，并在自己心里暗想，对于还不曾看见过它们的婴儿，它们将会使他得到怎样的印象。他刚才醒来了。

“我们并不是怪物啊！”驴子说。

“但是你要晓得，以我们这副面相，既不像他的，也不像他的父母的，会把他骇倒的。”

“牛圈、马槽，和他的屋顶、屋梁，都没有和他一样的面相，然而他却并不害怕。”

但牛还没有给说服，它想到了它的角，他细想道：“这倒真正难受了，要接近自己顶欢喜的人的时候，却不能不带一种使人害怕的模样，我总得要时刻当心着，不要去伤害人。然而，我的本心性并不如此，倘没有严重的理由，去奈何别的人或事物，我不是一个做坏事的，也不是一个毒物。但凡是我所走到的地方，你看马上我的角也来了，我醒它也醒，甚至我瞌睡极了的时候，我在迷糊中，这两只尖锐的、硬的东西，总是在一道，决不把我抛弃。就是在半夜，我梦魂颠倒时，也感觉到它们。”

忽然想起一件事，牛吃了一个大惊，因为要给婴儿嘘暖，它太挨近了他，倘使大意一下，就会撞他一角呢。

“你不应该太挨近小孩儿了，”驴子悄声地说，它已经猜出了它伙伴的心，“并且也不应该在那里痴想。你会要把他触伤的，再者，你曾把你噙不住的口涎滴到他身上，这是不很干净的。还有，你在得意的时候，为什么要流口涎呢？你收拾起来吧，用不着来显给众人看。”

牛不作声。

“但是我呀，我要把我的耳朵献给他，你懂得吗？它会动，它会转到各种方向，没有骨头，摸起来是柔软的，它叫你害怕，同时也会给你壮胆。这正是应该给小孩儿玩的，而且对于他这种年龄的孩子是有教育意义的。”

“是，我懂得，我并没有说相反的话，我又不是愚蠢的。”

但因为驴子的神气真有些太过于欢喜了，牛又说：“但是你不要跑到他的脸上去叫，你会弄死他！”

“乡下人！”驴子说。

在“基督降生”时，它们所站立的地方，驴子在槽的左边，牛在右边，而牛是某种仪礼的爱好者，所以特别地高兴，又不动，又恭敬。它们立在那里，经过不少的时间，好像在等一个看不见的画家画像似的。

婴儿闭下了眼睑，他急于要睡，一个放光的天使在他梦里不远的地方等待着他，想告诉他或者请教他什么事。

天使很敏速地从耶稣的梦中走出，现身在圈里。在对着这初生的人鞠躬以后，天使画了一道圆光围绕在他的头上，另外一道画给圣处女，第三道画给约瑟。然后很明晰地在翅膀和毛羽的闪耀中，他离开去，翅膀和毛羽的白光时起时伏，又带着飒飒的风声和海潮一样。

“没有圆光给我们啊！”牛沉思说，“在天使方面当然有他的理由，我们是太微末的东西呀！驴子同我，并且我们做了什么配得上戴这道金光呢?”

“你呀，你倒真的没有做什么，但是你忘记了我是驮过圣处女的呀！”

牛在心里暗想：“怎么弄起的，圣处女那么美丽，那么轻巧，会藏得住这个美壮的婴儿呢?”

或许它完全是大声在作想，于是驴子回道：“那些是你不会懂得的事。”

“你为什么时常说我不会懂得？我比你岁数活得大，我在山里、平原上、近海处，都做过工。”

“那不是问题呀！”驴子说。

过后又说：“不仅有圆光呢，我看得准，牛呀，你没有看见小孩儿是笼罩在一种很奇妙的灰尘里面，或者可以说比灰尘还要好些。”

“更要细致得多啰！”牛说，“像一道光，一股金黄色的蒸气，从小孩儿身上发散出来的。”

“是哦，但是你这样说，是想使人家相信你是看见过的。”

“我没有看见过吗？”

牛拖着驴子到圈的一个角落上去，在那里，它以崇拜的表示，放了一条小树枝，仔细地用草茎围绕住，象征着圣体散布出来的光芒。这是第一个祭坛。这些草茎是牛从外边带回来的，它不敢动槽里面的，只因那草是好吃的，它对草就有一种迷信的恐怖。

牛和驴子出去吃草，直吃到夜晚，石头历来就很容易知道各种事情，所以已经有许多在田野的石子知道了。它们甚至碰见一块黑石，稍微改变了一点儿形式和颜色，告诉它们说它已经晓得了。

还有田地里的花也知道了，这是应该被赦的，这样一来，在乡下吃草要不渎犯神圣，简直成了一件工作。牛不觉得肚子饿了，而且吃食在它好像渐渐地没有用处，幸福填饱了它。

在喝水以前，它也自问道：“这水呢，它也知道了吗？”

这样一犹疑，它就情愿不去喝它，就向着稍远一点儿的污水走去，这水显然地什么也还不曾知道。

有时什么都使它没有感觉，要不是当它把水喝下去时候，在喉咙里有一种无穷尽的愉快。

“太迟了啊！”牛想，“我不应该喝这水。”

它几乎不敢呼吸，它觉得空气也是一些神圣的东西，它是知道的。它唯恐怕把一个天神吸进肚去了。

牛很惭愧，总没有感到过它自己像它所希望的那么清洁：“唉！应该比从前更要清洁点儿，这就一切都行了。我只有小心，留意我落足的地方。”

驴子倒是安然自在的。

阳光照进了牛圈，两个畜生互相争抢给婴儿遮阴的光荣。

“稍微一点儿太阳，或者不会就有害吧！”牛想，“但是驴子又会要说我一点儿什么也不懂得。”

婴儿继续着睡觉，有时在梦中参想，并皱起了眉头。

一天，当圣处女到门前去回答未来的基督徒所提出的成千的问题时，驴子用嘴轻轻地把婴儿翻了一个转身。

马利亚回转到她儿子的面前，大吃了一惊，她看见她儿子的脸不是她原来所放的样子。

她省悟到是怎么一回事，她便使驴子明白它须得不要触动小孩儿。牛用特等的寂静加以赞成，它知道对它的沉默给予一种律动、色高、点逗。在冷天，人们很容易跟着它鼻孔里冒出的一股一股的热气去寻究它的思想的活动，于是得以知道许多的事。

牛自以为只被允许给小孩儿帮些间接的忙，比如，把圈里的苍蝇引诱到自己的身上，每天早上，它靠着一个野蜂的窠擦背，或者对住墙去压死一些小虫。

驴子留神外边的声音，当有了什么它觉得可疑的时候，它就把圈的进口堵住。牛跟在它的后面助威，它俩尽可能地使自己沉重，只要危险的时期还没有过去，它们的头和肚子都像充满了铅和花岗石一样，可是它们的眼睛却露出了从来没有过的警戒的神色。

看见圣处女有那样使婴儿发笑的本领，牛简直是发了痴。

约瑟虽然有胡须，可也不难于使孩子发笑，不管他是仅仅对着面，或是吹笛子。

牛也想换点儿什么，但它终究只是吹气。

“我倒不是要说主人的闲话，但是我不相信他们能够用他们的气使耶稣这孩子温暖，至于说到笛子的话，我只要单独带着小孩儿就够了。在这种情形下面，他不会再怕我了，他又成了一个需要保护的人了，而且一只牛究竟自己觉得是有力量的。”

它们俩在一道吃草的时候，常常总是牛要离开驴子。

“你到哪里去?”

“我马上就转来。”

“你这样是要到哪里去?”驴子坚持地问。

“我要去看他该不会有什么需要吧！我们绝料不出。”

“还是让他清静点儿吧！”

牛走开了。在圈里，有一种取光的窗孔，以后大家叫作牛眼睛就为这种理由，牛从这里张望外边。

一天，牛注意到马利亚和约瑟都不在眼前。它在一个凳子上发现了笛子，接近着它的嘴，并且距小孩儿也不很远或很近。

“我能够给他玩些什么呢?”牛自忖道，只有仗着这个乐器，它才敢于直与耶稣的耳朵接近，“一首农歌吗? 勇敢的小野牛的战歌，或者快乐的小牝牛呢。”

常常有些牛做得好像在反刍，其实在它们灵魂的深处，它们是在歌唱。

牛细心地吹起笛子来，它绝料不到有个天使帮助它吹出那样纯粹的音调。小孩儿从他的床上把头和肩膀微抬起了点儿来看它。然而，吹笛的并不满意它的结果，它以为拿得准，至少外面没有人听见它。它错了。

它害怕有人，尤其是驴子走进来看见它太挨近了那支笛子，它赶快就躲开。

“过来看他呀!”一天，圣处女对牛说，“为什么你简直不再走近我的孩子的身边?”

壮了胆，牛走近耶稣旁边，为使它完全不感受拘束，耶稣两手握住它的嘴。牛压制住它的呼吸，现在是用不到的了。

耶稣微笑。

牛的快乐是静默的，这快乐占有了它的全身，一直弥漫到角尖。

小孩儿轮来轮去地看牛和驴。驴子对于它自己过分地自负；至于牛，在这个由心内微妙地透出光明的面孔之前，只自觉到特别的愚钝，好像它所见的面孔是透过一层薄幕，看得见。在一个很小、很远的居所里，有一盏灯光由一间屋子移到另外的一间里面。

看着牛那样茫然的神情，小孩儿便纵声大笑。

牛不明白这个笑中的意义，心想，小孩儿该不是取笑它吧!

从今以后，应该显得更要稳重点儿呢?或者简直远远地躲开呢?

这时，小孩儿重新又笑了，笑得那么明朗，那么可爱。牛于是觉得它留下来是不至于错的。

圣处女和她的孩子时常极切近地互相瞧着，这时，在比较哪一个更要快活些。

“我觉得一切都应该是快乐的了!”牛想道，“从没有人看见过更纯洁的母亲、更漂亮的孩子，但有时，他们彼此又像是带着严肃的神气。”

牛和驴子安排着回圈去，在留心细看过以后，生怕弄错了。

“你看这颗在天上运动着的星，”牛说，“它真是美丽，使得我的心都暖和了。”

“让你的心静着吧，自从有了不久以前我们所有见过的大事后，它没什么再可看见的了。”

“你爱说什么就说什么，我相信这颗星在向我们这方面走。你看它在天空里是多么低，我们可以说，它是向着我们的圈前走来呢！在那颗星的下面，有三个戴满了珠宝的人。”

它们两个到了圈门前。

“依你的话，牛，有什么人会来？”

“你向我问得太多了，驴子，我不过只想看看怎么一回事，已经很够了。”

“我呀，我有我的意见。”

“走开，走开，”约瑟一面打开门，一面说，“你们没看见你们把门堵住了，挡着这些人不得进来。”

它们闪开，给教王让出一条路来。他们一共三人，其中一个是完全漆黑的代表着非洲。最先牛对他暗地里加以监视，它想观察这黑人对于新生儿是否真的只怀着好意。

黑人定是个近视眼，当他倾下身去看耶稣的时候，他的脸像一面镜子，又光又平，从那里反射着小孩儿的影像，并且非常恭敬，具有一种多么伟大的忘我的状态，牛的心因此感到了温柔。

“这是一个顶善良的人，”它想，“另外两个绝对做不出那样子来。”

过了一阵，它又说：“他是三个人中间的顶好的。”

牛撞见两个白教王正在把他们从槽上偷来的一根草珍贵地往行李中间塞，黑教王却什么也没有拿。

在一张从邻人处借来的临时睡铺上，三个教士一个靠一个地睡着了。

“奇怪，”牛想，“把王冠戴在头上睡觉，这种硬东西一定比角还要碍事得多。戴着许多亮晃晃的宝石在头上，很难睡得着啊！”

他们安安静静地睡着，好像长躺在坟墓上的石像，他们的星宿在槽的上面闪灼。

恰恰在将要天亮的时候，三个人一个时候用同样的动作起来。他们在梦中见了同样的天使，叫他们立刻就走，并且不要回到嫉妒的希律王那里，把已经看见了小儿耶稣的事告诉他。

他们走了，一任星光在槽上照耀，以便每个人知道就是在这个地方。

牛的祷告：

“一定不要，天国的孩子，照着我的愚笨和难解的神气来评判我。我能不能够有一天会不再像一座向前走着的小崖石？

“这两只角，必须要使你知道，对吗？只是一种装饰品，而不是别的东西。我并且愿对你从实说，我绝没有用到过它。

“耶稣啊，放一点儿你的光明到我所具有的贫乏和混沌里面吧，教给我一点儿你的精细吧，你，你的小足、小手那么细巧地长在你的身上，你会告诉我吗？我的小先生，为什么有一天我只是一回转头来就可以看见你的全身呢？我是怎样的感谢你，神奇的孩子啊，能够跪在你的面前，因而得和许多天使及星斗亲密地一处生活。有时我想到你该不会弄错了吧，这的确是我应该住的地方吧，你或者没有留心到我有一大块疮疤在背上，而且胁上还脱了毛，这是非常丑陋的。不需得求诸我的家族以外，人家就可以指定我的弟兄或者我的表弟兄留在这里，他们都比我强得多。是不是狮子或者鹫鸟，才不至使人注意呢?”

“不要作声了，”驴子说，“你为什么事这样地叹气，你不看见你的闹声妨碍着他的睡眠吗?”

“它说得不错，”牛心里想，“到了时候，本就应该知道不作声，哪怕你就感到极大的不知道什么地方才容得下的幸福。”

但是驴子也祷告：

“拉车的驴，驮载的驴，在我们的足下，现在生活都要变得好了，在快乐的牧场上，小驴儿等待着种种的事变呢，全仗着你，小小的少年人，石头老守在路边，它们的应在地位上，再不会看见这些石头落到我们身上来。还有别的事，为什么还要有小坡，以至大山在我们的路途上，莫非到处尽是平原，就适合于一般的人吗？为什么牛比我力气大，背上绝没有驮过人呢？为什么我的耳朵生得那样长，我的尾巴上又没有尾毛，我的蹄子那么小，我的胸脯那么紧窄，我的叫声带着有嘈杂难听的调子呢？但这些，或许还是未定的事吧！”

以后，每夜不是这颗星就是那颗星来守卫，有时也轮着星座全体，为要隐藏天上的秘密，一片云总来遮住没有出来的各星所应在的地方。那真妙，看着各种无限的辽远的星变得很小来照临在槽上，收敛住它们的过度的热光，和它们的广大，只散布着适量的热与光来暖温照耀牛圈，不使小孩儿受惊。在基督降生的最初的冬夜中，圣处女、约瑟、小孩儿、牛和驴子，依旧特别是他们自己。他们自己的原神，白天有些散乱，消耗在来客的招待中，一到太阳西落后才又集中，得到不可思议的集中与安全。

由于牛和驴子的介绍，很多的动物要求认识耶稣。

一个晴朗的日子，牛得到约瑟的同意，指定一匹向来以矫捷轻快著名的马，从第二天开始，去召集所有愿意来的动物。

驴子和牛暗想："不知道人家肯不肯让猛兽、单峰骆驼、骆驼、象，所有因它们突出的背、长鼻和有一块过多的骨与肉使得人惧怕的各种兽通通进来。"

问题也牵涉可怕的虫类，如像蝎子、毒蜘蛛、大捕鸟蜘蛛、蛇，以及所谓雄的、雌的，不论昼夜，甚至在天光初亮、一切还是沉静的时候，从腺里分泌出毒液来的各种毒虫。

圣处女并不迟疑。

"可以让它们全都进来，我的孩子在他的槽里也和在最高的天上是同样的安全。"

"一个一个地进来！"约瑟接着说，带着差不多的军令的腔调，"我不高兴两只动物一齐进门，不然，大家就会分辨不清了。"

开始是毒虫，每个都觉得应该让它们有这回的赎罪。蛇的机警很值得注意，它们不朝圣处女看，尽量地离远她的身边过去。它们临走时那样安详和尊严，好像它们是家鸡或守夜的狗一样。

也有些动物小到使你很难知道它是已经在内呢，或者还等在外边，给了整整一个钟头与人之子，以便它们进见，及作槽上的朝贺。

时限满了，虽是约瑟微觉皮肤上感到不自在，知道它们没有退完，他已经命令依次的动物进来了。

狗止不住表示出它们的惊奇：它们竟没有像牛和驴子般被许在圈里住。不晓得怎样回答的好，每个人只有抚摸它们，于是它们退出去，满心充着显著的感激。

当一闻到它的臊味儿的时候，狮子走来了，牛和驴子到底还是心不安。只要这气息冲到，你不留心也会嗅着，教王充分地撒下的香、末药，以及别的香气都遮掩它不住。

牛赞叹所以发动圣处女和约瑟的信念的宽仁的本心，但它总觉得是把一个小孩儿，这点儿微弱的光，放在一个只消吹气一下，就可以把它熄灭了的猛兽旁边……

牛和驴子的忧虑，因了狮子的庄严更见增加，它们看得它清楚，在狮子面前，它们完全瘫软了。它们不能想去扑击它，犹如不能想去扑击雷电一样。至于牛，既已因饥饿而尪羸，只感到眩晕没有斗志了。

狮子披着只有沙漠中的风替它梳栉过的须毛，带着沉郁的眼光走进来，似乎在说："我是狮子，我能怎样呢？我只是兽中的王。"

看得出，最大的注意是要少占圈中的地位，这可不是容易的事，要呼吸不至妨碍到它四周的人物，要将蜷曲的爪和被坚韧的筋掣动的上下额骨置之不用。它把下眼皮垂着去向前，它把它的美观的牙齿像可耻的病似的遮藏着，它那种谦恭，好像它是属于有时会要拒绝撕食圣女白拉定的狮子的后裔似的，圣处女发了慈悲心，想用她对她的孩子似的微笑安慰它。狮子直看着它的前面，神气似乎在说（说话的调子比刚才还要失意）："我做了什么，把我生得这样大、这样强？你须要知道，要是没有空气和饥饿的驱迫，我绝没有吃过。你也应该懂得，其中还有狮儿的问题呢！我们大家多少曾试过做一个食草的动物，可是草不是为我们长的，它止不住我们的饿。”

于是它的巨大的头，像一个毛团的发开，倾侧下来，黯然地放在坚硬的地上，它的尾巴末梢的毛，笔尖似的，也和头一样倒了下来，伏在一种使人感到难受的寂静中。

及至轮到虎名下，它匍匐在地上，因了竭力地卑屈与柔服，简直变成一幅床前的足垫铺在槽下。经过几秒钟后，它有力气地、想不到地、轻柔地完全复原了，于是走了出去，没有再做什么。

长颈鹿在门前把它的蹄足显露了好些时候，大家一致承认，那就算它已经在槽前参见了。

象也是同样的情形，它只在门限边上下跪，用它的长鼻子做了用个香炉散播香烟似的运动，香味儿使得众人都闻得够了。

一只长着长毛的羊，力请马上剪下它的毛。来人对它道了谢，却不肯留下它的毛。

母袋鼠极想送耶稣一只小袋鼠，说它送这件礼物完全出于诚意，这于它并无妨害，它还有许多小袋鼠在家里，但是约瑟并不和它同样地想，它只得把它的儿子带回去。

驼鸟是比较幸福的，它乘着不当心的时候，在一个角落里生了一个蛋，就悄然无声地跑开了。这纪念物到了第二天早上才被看见，是驴子发现的，它实在没有见过那样大和那样硬的蛋，以为是奇迹。约瑟竭力消除它的误解，把它来炒了一盘煎蛋。

鱼因为在水外呼吸困难，不能够进见，委托海燕做它们的代表。

鸟雀临走的时候，留下它们的歌声；鸽子留下它们的爱情；猴子的顽皮、猫的眼光、斑鸠的喉咙的温柔。

还有些没有被发现的，在海里，和在地的深处等待着得个名称的动物，它们是在深暗处终年过着没星光，也没月光，没季节的变换的黑夜的，也想求见。

在空中好像不能够来，或者来了又迟到的灵魂的荡漾。还有些别的，住居在极远的地方，也想用它们渺小到一个钟头走不上一码路的虫类的足爪在道路上走来，可是它们的生命是短促到连走半码路的希望都还要靠有运气。

有的是许多奇迹：乌龟走路快了，大蜥蜴改慢了步法，河马在屈着膝装媚态，鹦鹉能够沉默。

在太阳落山以前，一件意外的事，使得所有的人都感到苦恼，约瑟因为整天指挥那挨次进来的众生物，又没有吃过一点儿食物，疲倦了，忘记了一个坏蜘蛛是来给小孩儿敬礼物的，在一个不当心的时候把它踏死了。圣人脸上的懊恼的表情，把众人骇了好一会儿。

有些使人更要加以留心的畜类还留滞在圈中，牛只好将它们赶走。这是猫儿、松鼠、黄鼠狼等类，它们老是不肯出去。

有几个蝙蝠利用它们的和屋梁相似的颜色，竟自停在正对着槽的上边过夜。但是第二天早晨，初出的太阳光就把它们显露出来。约瑟是不愿意便宜了谁的，立刻将它们驱逐了。

苍蝇也在驱逐之列，它们恶意地表示着好像要走，却又总不离开。约瑟不知道该怎么对付它们。

牛在各种灵异的现象中生活，往往使它透不过气来。习惯了照亚洲的苦行者的服气方法，于是它也变成了个幻想家。并且，虽则它在豪贵中不及在卑微中觉得方便，但到底总算尝到过极度的快乐了。但是慎重指导它并阻止它往天使或圣者方面去想象，只有他们已经是真实地出现在近处了，它才会看见他们。

“可怜的我呀!”被它以为是神秘的现象骇怕了的牛心里想，“可怜的我，仅仅是个负重的畜生，或者也许竟是恶魔，为什么我要和他一样地有角，我从来没有做过坏事啊?假使我是一个魔术家的时候。”

约瑟并不是没有注意到牛的忧愁，一着眼就知道它是消瘦了。

“去吃草去吧!”他大声地说，“你在这里终日绊住我们的足，你快要只有皮包骨头了。”

驴子和牛走出去。

“你真的瘦了呀!”驴子说，“你的骨头变成那样的尖锐，好像你周身都快要攒出角来了。”

“不用对我再提起角呀!”

于是牛便自忖道：“它说得不错，一定还要生活。看吧，吃这丛美丽的青草吧，你以为它会伤害了你，那就吃这另外的一丛吧！你想着它是有毒的吗?不是，我并不饥饿，它是多好看呀，这孩子啊!这些伟大的神人进进出出，用他们总是鼓动着的翅膀扇风，所有的这群天国的神人走进我们的简陋的牛圈里来都没有污染。去吃东西，牛，你不要去管这些事了，并且不应该再让那在半夜搅扰你的幸福把你惊醒了，也不应该再用一只膝头跪在槽前，跪得过久了，你会受损伤的。你的牛皮通给骨节处磨坏了，再多过一些时候，苍蝇会爬上去。”

一夜轮着金牛星值夜，在槽的上面，在黑暗的天空一幅上，金牛星的红眼睛鲜朗地迸着火焰，好像和我们离得很近。金牛的角和两胁全饰着极多的巨大的宝石。牛见小孩儿被看护得好好的，便很高兴。全体都安静地睡着了，驴子放心垂下了耳朵。但牛虽则是因为这颗沾有亲谊和友谊的星座的灵异地出现增加了勇气，仍是觉得十分软弱。它想到了对于孩子的牺牲、它的无用的熬夜、可笑的爱护。

“金牛星看见了我吗？”它想，“这只明亮得使人怕的大红眼睛，知道我在这里吗？这些星有那么的高、那么的远隔，几乎叫人不明白它们在朝哪一方看。”

忽然在睡铺上动了好一阵的约瑟爬了起来，两臂向天伸着。他平日无论在举动上、在言语上，他总是显得相当有分寸的。这时，却在半夜，把所有的人惊醒了，甚至连小孩儿一起。

“我在梦中见了主，我们必须要赶快地离开。对的，因为他，希律，他想害耶稣。”

圣处女把他的儿子抱在怀中，好像犹太王手中握着屠户用的砍刀，已经到了门口似的。

驴子站了起来。

“这一个呢？”约瑟指着牛对圣处女说道。

“我觉得它已经太羸弱了，怎好同我们一道。”

牛想要显出它一点儿也不弱，鼓了很大的劲，想立起来，但是绝没想到，它是那样的离不开地面。于是抬头望着金牛星，向它求救。它只有从它身上指望，得到能动身的力量。那位金牛 动也不动，眼睛依然是红的，火焰似的，而且和牛比起来，永远只是一个侧影。

“它已经有好几天不吃东西了！”圣处女对约瑟说。

“啊！我很明白，他们要把我抛弃在此地了。”牛心里想，“这倒是真的好，却是不能长久。加以我在路上也只是一个跑不动的，和一个光骨头的鬼怪罢了。所有我的肋骨都厌弃了我的皮，它们只想在天空底下来舒服一下子了。”

驴子走到牛跟前，用它的嘴擦动牛的嘴，使它知道圣处女刚才嘱托了个邻人，在他们去后，它不至于缺乏什么的。然而牛的眼睛半合着，似乎极端地支持不住了。

圣处女抚摸着牛，大声说道：“我们并不是要出去旅行，不消说，这只是故意骇你一骇！”

“用不着说，我们马上就回来。”约瑟也说道，“在半夜里，怎好出行呢？”

“今晚上天气很好，”圣处女又说道，“我们趁着这天气，让孩子去呼吸点儿新鲜空气，他近几天来脸色微有点儿苍白。”

“这全是真话。”圣人说。

这是虔心的诳语，牛心里明白，它不愿妨碍着临行的旅客们准备他们的行装，它佯装着睡熟的样子，这就是它的撒谎的方式。

“它睡着了。”圣处女说，“我们把槽里的草给它放在身边，等它醒来的时候，不会缺什么东西。笛子给它留下，放在近着它的嘴唇。”

他们预备走出去了，圈门响了。

“我先前应该涂上一点儿油啊！”约瑟心里想，他怕把牛惊醒了，但是牛总是装得好像睡了的样子。

门又小心地重掩上了。

正当驴子渐渐地成为了在埃及的逃亡者之一的时候，牛依旧在那里，两眼盯在刚才还睡过小孩儿耶稣的草上。

牛明白它再不会动它，也不会动笛子了。

金牛星忽然一纵，又跳回了天顶，只角尖一动，就定居在天上——它从此决不再离开的地方。

天亮过后一会儿，邻妇走进圈，牛已停止了反刍。

棺材商人

〔俄〕A. 普式庚

这是第四次了，两匹干瘦的驽马驾着柩车，在车上面，亚德连·蒲洛哥洛夫刚才堆完了他的旧东西，从巴斯麦那亚街向着尼基斯加亚街走去，那里是这棺材商人要搬去的地方。亚德连把他的旧店子关闭起来，在门上钉了一个告示：出卖或出租。然后跟在车子后面走着。

走近那座他觊觎了很久，终归用了一笔大款得到手的小的黄屋子，这个老商人自己觉得很诧异，他的心里再也没有一点儿快乐。

他一跨进这新屋子的门限，看见里面完全是莫上莫下地零乱着，他觉得怀念起旧居来。在那里，经过十八年，他把一切料理得很有秩序的。他开始责斥他的女儿和女仆的缓慢，于是他动手帮助她们。

很快地就把什么都安置停当了：供得有圣像的神龛，盛着碗碟的柜子、桌子、长椅、床，放在里面的房间里；主人的出品、各种尺寸和各种颜色的棺材，还有盛着蜡烛的匣子、丧事用的帽子和外衣，安顿在厨房和客厅里。大门的上面高撑着一个招牌，这招牌上表现着一个肥壮的爱神，手上拿着一支燃化了的烛。招贴上写着：

此地出卖并装潢本色的或漆绘的棺材

出租并修理旧棺木

年轻的姑娘们回到她们的小屋子里去了。亚德连在住宅里巡视了一转，就坐到窗子前面去叫人烧茶。

凡是高明的读者，都知道莎士比亚和瓦特·斯葛德[①]为要使这种对比来激起我们的想象，把挖坟的人们描写成一些快活的、滑稽的人物，然而我们因为要尊重真实，我们便不能效法他们。并且我们不得不承认，我们的棺材商人的性情完完全全和他的专同死鬼打交涉的职业相合。

亚德连·蒲洛哥洛夫时常是沉郁而多思的，要他不再静默，除非是在他闯见他的女儿们在窗前闲耍和看过路的人而责备她们的时候，或是当他在那些不幸地（间或也有开心地）需要看这种东西的人们的面前高抬他的棺材价钱的时候。

现在，坐在窗子面前，喝着他的第七杯茶，亚德连依照他的习惯，沉溺在那忧郁的思虑里面。他记起了一星期以前，在城门的附近，一个退伍团长出丧时遇见的大雨，多少大衣缩了水，多少帽子都变了样，连累他做了些免不了的花销，因为他的旧存的办丧事用的服装已经变成不堪的样子了。他很打算，的确，在梯优基拉身上

---

① 瓦特·斯葛德：是莎氏的 *Hamlet* 第五幕第一场和斯氏的 *The Bride of Lanimermoor* 第二十四章。

去找补偿。梯优基拉是个商人的老婆，差不多快一年了，还不曾死得下去。但是梯优基拉是要在拉资古列去死的，蒲洛哥洛夫恐怕她的后人们，虽然有过许约，未必肯从那么远到这里来找他，他们会在本区里找一个商家承办丧事的。

门上敲了三下，突然把他这些想头打断了。

“什么人?”蒲洛哥洛夫问。

门打开了，一个男子，一眼就可以看出他是一个德国工人，进了房间，走近棺材商人身边，带着快乐的神气：“原谅我，我的可怜的邻居!”他用这老是使人们发笑的德国口音说，“原谅我来打扰你，我很急于要认识你。我是一个皮鞋匠，我的名字叫哥特列布·须次，我就住在街那边，正巧对着你的窗子的这座小房子。明天我要庆祝我的银婚纪念，请你到我家去吃晚饭，并同着你的小姐们，请不要客气。”

邀请是很有礼貌应允了。棺材商人请皮鞋匠坐下来，献了一杯茶。哥特列布·须次的爽快的性情迅速地使得说话成为很恳切的。

“阁下的生意怎么样?”亚德连问。

“嘿嘿！也还罢了，”须次回说，“可是我也没有什么可抱怨的，还有我的货物在这点上和你的不同，一个活人很可以节省了靴子，但是一个死人没有棺材就不能够过去。”

“这是真的。”亚德连说，“一个活人没有钱来买靴子，很可以打光足走，你不要怄气。但是顶穷的死人，总有他的棺材，不管他自己出钱不出钱。”

就这样，他们的谈话又延长了一些时候。然后这个皮鞋匠站起来，和棺材商人告辞，同时又把方才的邀请重说了一遍。

第二天，一到正午，蒲洛哥洛夫同着他的两个女儿打后院的门走出了他的新屋，于是三个人都在他们的邻人的家里了。

我一反我们小说家的习惯，不描写亚德连·蒲洛哥洛夫的俄国旧式长皮衣，也不描写阿古里纳和达里亚的欧化的装饰。然而，我以为要是指出这两个年轻的姑娘都戴着黄帽子，穿着红鞋，这也不算是多余的，那种服装只在有盛会的时候才穿戴。

皮鞋匠的窄狭的屋子里坐满了客人：大部分都是德国的工匠，伴着他们的太太和他们的助手们。至于俄国的职员，那里只有一个巡查，芬兰人约尔果，他，虽只有卑小的地位，却能得到我们的主人的特别优待。二十五年来，他是忠实地、公正地尽他的职务，一如波果列尔斯基的驿马御者[①]。1812 年的大火，烧毁了莫斯科[②]，同时焚去了他的黄色瞭望所。但是在敌人被驱走后，马上在原来的地点上又现出一个新造的瞭望所来，这个颜色是灰的，支以白色的希腊式的圆柱。约尔果又在这瞭望所前，拿着斧头，穿着灰布的胸甲，当起值来。

差不多所有住在尼基斯加亚门附近的德国人都认识约尔果，他们里面有几个甚至在星期日晚上到他那里——当值所，去玩到星期一的早上。

亚德连赶着和这人联系感情，因为这人是早迟总可用得着的，当客人们上席的时候，亚德连挨着约尔果身边坐下来。须次先生和须次太太与他们的女儿罗贞，一个十七岁的小姐，一边陪他们的客

---

① 波果列尔斯基的驿马御者：Pogoreleky（与普式庚同时的作家）小说中的一个人物。

② 指拿破仑征俄之役，俄人焦土抗战，火烧莫斯科之事。

人吃饭，一边应酬席上，还要帮助厨娘进菜肴。啤酒浪涌一般地斟出。约尔果的食量有四个人的大，亚德连对他也不肯让步，他的两个女儿却故意地装斯文。一阵一阵地，说话越是变得热闹了。

大家都谈着德国话。忽然，主人请停止说话，开了一个蜡封的酒瓶，用俄国话大声说道："祝我贤良的露易斯健康！"

仿香槟酒发出爆声。

皮鞋匠温柔地把嘴唇放到他的四十岁的妻子的鲜艳的脸颊上，于是宾客们嘈杂地各自干杯，以祝贤良的露易斯的健康。

"祝我的可爱的客人们健康！"主人这样嚷着，又打开了第二个瓶子。

客人又重来碰杯，并且道谢。祝贺的杯继续着，一杯祝每一个人的健康，一杯祝莫斯科的健康。过后又祝一打的德国的小城的健康，一杯祝所有的职业团体，然后特祝每个职业团体；一杯祝小厂主的健康，然后又祝工头的健康。

亚德连稳静地喝着，他已经有了几分酒意，到他的轮子时，他竟闹了一个滑稽的祝饮。继后一个肥大的面包店老板高举起酒杯来宣言说："祝那些我们为他们工作的人们，我们的主顾（Unserer Kundleute）健康！"

这提议也如其他提议一样，给全体欢乐地通过了。

宾客们又开始互相敬礼。裁缝给皮鞋匠敬礼，面包店老板给他们俩敬礼，大家又回敬面包店老板的礼，其余依次行礼。

在互相敬礼完毕以后，约尔果转身向着他的邻人叫道："来呀！老伯伯，喝杯酒祝你的死尸的安吧！"

所有的人尽都大笑起来。棺材商人觉得伤了他的尊严，变了脸色，却没有一个人去留心。

客人们继续着喝酒。等到他们离席，已经打了晚祷钟了。

大部分人都喝醉了，肥大的面包店老板和那脸喝起来好像红色的摩洛哥皮的书壳子一样的装书匠把约尔果的膀子挽着，一直把他送回瞭望所，依照他们的方式解释着这句古语：“银子归还，债主快乐！”

棺材商人回到家里，大醉而且盛怒：“怎么！”他大声地推论说，“我的职业不及其他的高贵吗？然而卖棺材的人也并不是刽子手的弟兄呀！他们把他当成一个丑角吗？这些没有信仰的人，这个实在并没有什么可笑的。我打算请他们来喝搬家酒，拿头等的来款待他们。啊！我决不请他们，我要请的，尽是我的主顾，正教的死人！”

“喂，伯伯！”女用人在给他脱鞋子的时候对他说，“你在胡说些什么？快些画十字，请死人喝搬家酒，多么怕人呀！”

“头上有天，我赌咒要请他们。”亚德连又说，“不要迟过了明天，请来受欢迎吧！亲爱的养命的，这里，明天晚上，我请你们来享受口福。”

说着这些话，棺材商人倒上他的床，很快地就打起鼾来。

在天亮以前，有人来把他闹醒了。商人的老婆梯优基拉在夜里死了，他的营业员立即差了一个人骑马来通知亚德连。棺材商人给了他十个哥贝的酒钱，赶忙穿上衣服，驾起车，就到了拉资古列。

在丧家的门前，已经布了巡查，商人群集得就像被死尸招惹来的乌鸦。死人，长伸伸躺在桌子上，黄得像蜡，但还没有到腐败的程度。亲眷、邻人和用人围绕着她，忙个不了。所有的窗户都打开了，大蜡烛燃烧着。教士在念种种的祷告词。

亚德连走近梯优基拉的侄子面前，这是个穿着漂亮礼服的少年商人，他通知少年商人，棺材、蜡烛、罩棺的黑布，以及其他丧事用品，不久就送来，并且是完全好的。承继人不经意地致谢了他，他并不计较价钱，一听蒲洛哥洛夫的公道，棺材商人依照惯例，发誓要开公道的价钱。和营业员交换了一个会意的眼光，就去安排种种必要的事情去了。他整天都在拉资古列和尼基斯加亚之间奔跑，挨近夜晚，一切都弄妥当了，蒲洛哥洛夫退了车夫，步行回家。

这是个皎洁的月夜，棺材商人快活地走到了尼基斯加亚城门，在耶稣升天的教堂近旁，他听见巡查约尔果招呼他，约尔果把他认出来，因而给他道晚安。

天已不早了，棺材商人已经到自己的门前，他觉得忽然看见有个人走到门口，把门推开，然后又隐没在里面去了。

“这是什么意思？”蒲洛哥洛夫心想，“又有什么人需要我吗？呀！该不是一个小偷？又或者我的蠢女孩子们私约的有情人？这都是很可能的。”

蒲洛哥洛夫已经要去找朋友约尔果来帮忙了，但就在这时候，又有另外一个人近前来，刚刚要想进门，看见主人在跑，便停住足步，且把他的三角帽揭下来。亚德连好像认识这张面孔，但没有留心去详细辨认。

“你是到我家来的吗？”他呼吸迫促地说，“请进去，我请求你。”

“不要讲礼，老伯伯。”那个人用微弱的声音回答说，“你走前面，引你的客人们的路。”

亚德连差不多没有时间来讲礼貌了。门是打开了的，他走上楼梯，那一个跟在后面。亚德连仿佛听见房里有足步声音。

“那是什么东西?”他一面想着，一面赶快走进去……

他的两条腿都软了。房里满满的尽是死人，月光透过窗子，照见他们黄色的、蓝色的脸，他们的瘪着的嘴，和半闭着的苦恼的眼睛，扁塌的鼻子……

亚德连带着恐怖认出这些曾经被他放进了棺材的人，和最近一次的，那个在大雨中安葬的团长。所有的人，女的和男的，包围着棺材商人，给他行礼的行礼，问候的问候；所有的人，除了一个穷汉，没有付他的安葬费，有些局促，对于身上的褴褛害羞，卑屈地、远远地躲在角落里，其余的人都合乎身份地穿戴着：女死人头上是便帽和绸带，男死人是分等级穿着制服，但是都生着没有修过的胡须。商人穿的是节日的旧式长袍。

“蒲洛哥洛夫你看，”团长代表全体光荣的同伴说道，“我们都起来赴你的宴会了，只有那些已经不能够起来的，那些只剩着骨头的，才留在家里。但是这里面还有一个，他忍耐不住，他急于想来看你……”

同时，一个小骷髅从那群死人中间溜了出来，走近了亚德连。他的头盖向着棺材商人亲切地发着微笑，浅绿的与红的布片，和布条子挂在他身上，犹如挂在一个竿子上面一样。他的足胫骨在宽大的靴子里面，好像杵在乳钵中研捣一般。

“你不认识我了吗，蒲洛哥洛夫?”骷髅说，“你不记得退伍的巡查比约特尔·伯脱维特·古里基纳了吗？在1799年，你卖给他的第一口棺材，并且那是拿松板来冒充黄杨的。”说着，这架骷髅张开了两臂。

亚德连大叫了一声，使劲把他推开。比约特尔·伯脱维特摇颤不定，于是在地上跌成粉碎，一种愤怒的啾啾的声音从死人中间发出来。他们通通起来替他们的朋友报仇，拿了诅咒和威胁来迫袭亚德连。可怜的主人被他们的叫声震聋了耳朵，到了几乎闭了气，狼狈不堪，倒在巡查的残骸上面，昏死过去。

太阳已经很久就照在棺材商人所睡的床铺上，他毕竟睁开了眼睛，看着女用人在他面前预备茶罐。他带着恐怖去回忆昨夜的事情：梯优基拉、团长，及巡查古里基纳，都模糊地出现在他的记忆里。

他静默着等待女用人来告诉他，昨夜的事情结果怎样。

“好啊！我们可以说你是睡够了，我的伯伯！”阿克亚尼亚在把便衣递给他时说，“我们邻居裁缝师已经来看过你了，还有本区的巡查也曾经来告诉你，今天是巡查厅厅长的生日。但是你睡得那样好，我们不愿意惊醒你。”

“是不是有人从新死的梯优基拉家来过？”

“新死的？那么她死了？”

“哦！你怎么这样蠢，昨天你没有帮忙我料理她的丧事吗？”

“你在说什么，老伯伯？你是不是在发疯，或者昨天的酒还没有醒过来？你说什么丧事？昨天整天，你在德国人家里庆祝结婚纪念。你回来已经醉了，你倒在床上，一直睡到现在，弥撒的时间已经过了。”

“不可能！”棺材商人很高兴地说。

“的的确确就是这样的。”女用人说。

“那么，倘使这是真的，赶快给我一点儿茶，并且把我的女儿们叫来。”

贝多芬的笔谈

〔法〕R. 罗兰

我们知道，贝多芬由于嫉恨他所谓的“富贵的浮浪子”[①]，维也纳的堕落贵族，于是十分地寄热情于少年的波纳巴尔特。在他眼里看来，他是自由的精神之所附的。可是当他的光荣而作成了第一次题名为波纳巴尔特的《英雄的交响乐》后，他听说这位第一执政官业已称帝，他就愤怒地把这题名的纸页撕毁了[②]。他大声叫道：“他也竟是，也竟是并没有一点儿超过平常人的呀！如今他要把人类的一切权利放在足下来践踏了，他将是一个暴君……”

他不久就看见拿破仑侵入了他的祖国，维也纳有两次被法国侵略者占领。贝多芬对于这事，在实质上和精神上都感到痛苦。戒严、封锁、屈辱、思想的压迫，使他陷入一种奋激的状态，有人看见他对法国的军官挥着拳头，并表示着他对于拿破仑的愤恨。从1813年

① 他在1810年说：“比我们的大人物更小的东西是没有的。”

② 这是他的弟子李士（Ries）告诉我们的，是他传出的拿破仑登位的消息，李士曾亲见贝多芬生气的情景。

到1815年，他参加恢复了——自以为恢复了——独立的德国的国民骚动，他作了些爱国主义的交响乐和歌曲。

但是这种热情（从音乐的品质看来，却算是平淡的）一下就过去了。自从维也纳会议开后，虽有各国皇帝及君主对他所加的尊礼，他仍是受了骗。他批评“这些君王和他们的君主政制”的缺乏道德……“在我，”他曾写道，“精神上的帝国才是比一切都更可爱的。这是俗世的和教权的，一切君主政制中的最上的政制。”

又过几年，他发觉滑铁卢给德国各邦带来的不是独立，而是给他们颈项上套了一些比以前还要沉重的新的锁链。自1815年以后，君主和教会的“神圣同盟”监督着欧洲的压制，轻微的自由呼吸也要受着它的窒塞。贝多芬由是又对于拿破仑的失败公然地表示惋惜。

一个在他的晚年算是他的心腹、他的书记、他的随从的人，新得列尔（Schindler）述说他们彼此的认识，是当他在大学里做法科学生，以有反叛的言论罪被捕之后。贝多芬知道这种消息，一等新得列尔出狱，就把他招呼到他家里去，对他表示出他的热烈的同情。

警察于是立刻监视着贝多芬，对于这个我们不会惊奇，只要我们一知道他在这几年中所怀的是什么样的思想，我们有机会能够知道他的思想，全仗着1815年以后，他完全失掉了听觉，不得不用的“谈话簿”，这些谈话簿是直到如今才有人开始刊布的①。在贝多芬的小团体里，彼此交换的各种谈话的极端大胆，是使人吃惊的。这

---

① 这种由Walter Nohl刊行的还算是方才起头，不知道要在什么时候才可以实现全部的刊完，这是因为预约者缺乏之故。在第三德国时代，人们都注意Chantre Suspect d Egmout和I' ode à la Joie去了。从1819年到1827年，贝多芬死的那年，共存有四百个簿子，其中一半已渐散失，现在还剩了一百三十册，在柏林国立图书馆里。这些簿子，读起来是十分困难的。依据以下仅仅从1819年到1820年的谈话簿里抄出的记录，我们就可评定它们的益处。

位原可被人想象为与社会隔绝、关闭在他艺术领域里的伟大的聋音乐家，用他的犀利的而且往往是先觉的目光注视着社会的演变、民间的摇动、潜伏着的变化，在欧洲正在预备着的未来的革命。

他的惯常的谈话对手是维也纳的中等阶级的人们，他们都是从事教育或法律职业的，如巴赫（Bach）、伯得尔士（Peters）、布乱克林格（Bloklinger）等。他们对他的保护问题的诉讼，或者他担忧着的他所代为负责的，他的亡兄的青年孩子的教育，都曾给他贡献过一些意见。也还有一些音乐家，如克塞尔尼（Czerny），新闻记者兼作家，如伯尔纳尔（J. K. Bernard），他们曾供给过一些谱上音乐（毫无成功）的诗歌。或者一些奇怪的人物，如很有机智的流浪人康来（A. F. Kanne），他在这一群人中也是一样著名的。

围着几瓶酒，两肘撑在桌上，在维也纳的Weinstude（小酒店）里，或者最适宜（因为贝多芬说话声音大，在公共地方讲话有危险）是在贝多芬的零乱的房间里，把门关起来，就是这群朋友怎样地谈话的情形。

在他们彼此间，最先是完全一致地反对贵族，反对贵族的轻佻、贵族的愚昧。他们预断了贵族的必然的倾覆：

> 人怎么可以说得上特权呢？怎么能够承袭得了心的高贵呢？特权阶级的人就是第一批破坏社会契约的人，他们却口口声声讲说法律。就只有他们才是不要知道鼓动在现今民间的是什么样的精神……假如贵族没有了金钱，那就是贵族本身的灭亡……贵族、统治者，什么也没有学到，偏又什么也不忘记……

同样地，更见激烈地一致反对教会，反对僧侣的愚民主义，妨阻民智发达者，反对迫害自由思想作专制政府暗探的宗教团体对奥国的侵略。

“愚昧主义者以一种可怕的方式占着很大的势力……”警察奉着他们的命令，到各书店去逞威，甚至干涉很久就允许发行了的书籍。大诗人如贝多芬的朋友格里尔巴尔瑟（Grill Parzer）等因了毫无过失的作品，全受了警厅厅长的惩诫。其他如桂列士（Gorres）等且不得不逃奔外国。这些莫名其妙的狂暴普及到毫无弹力，除了靠上帝和圣人就没法自助的民间[1]。但是水瓶尽管往水里灌……就得当心敲破，“宗教也竟自活动起来。”

贝多芬的团体是不崇敬宗教的，他们把修道士看作虚伪者，而且责斥改奉宗教的人只是为的利益。他们嘲笑一些使人厌闻的奇迹；他们对于许多遗物说了些非常的事情，这显得就是拉伯勒的《洛阿耳河》（*Loire de Pabelais*）和贝多芬的《多瑙河》（*Danube de Beethoven*）相差也并不很远，上帝自己不受点儿侮辱也不能脱出他所冒的险。这群人中的一个用法文说过这种无礼的言语：“上帝只是一个傀儡（木偶人），从没有到地面上来过。”

他们讥消思想的征服者的幼稚的工作。

“在维也纳会议里，”布乱克林格说道，“他们现在要制造一种规定飞鸟应该飞多高，野兔应该跑多快的法律。”

他们并不是仅限于说了几句笑话，他们观察得深彻，他们也见

---

① 这句话使人记起贝多芬回答一个友人的话，这友人在一本著作完成之后写道：“靠上帝之助而完结了。”贝多芬却写道：“哦，人类哟，你自己助你自己吧！”

得远。

这些维也纳的小资产阶级，在1820年以前，就已经认识了欧洲，以至全世界的新君王——金钱。

关于1819年11月，法兰克福（Francfort）的银行家洛特西尔得（Rothchild）到维也纳来，和关于他和梅特涅（Metternich）亲王的第一次会面。贝多芬和他的朋友们交换了一些值得纪念的谈话：

> 这些大银行家把全欧洲的总理大臣都擒住在掌握中了，他们可以任意使各政府陷入困难，不管多少次……缺了他们就不能解决任何一种政治事务……我们已经看见他们在爱克西·拉·沙伯勒（Aix-La-Chapelle）议妥，指摘各种出纳的金钱和各种不同的行情的信用……欧洲的局势弄到了这种倾向，没有金钱，没有银行家，简直就什么也做不成了……所有的各（政府）全都没有一个主张。它们（主张）是从巴黎失陷以后就在欧洲消失了……

这就是他们的谈话，这些自由的奥国人把欧洲局势的衰败，从他们的国王和皇帝的军队打败了法国那时起算，他们怀念这位他们最近还憎恶的拿破仑。

> 何等可哀的状况啊！1813年以前，比现在好得多了。贵族们又重新在奥国找着了他们的依靠，共和的精神只不过是藏在灰底下的一点儿火种……假若拿破仑现在重来，他在欧洲会受到极大的欢迎。他了解时代的精神，他善于

统御，我们的儿孙更还要知道崇敬他。以我德国人的资格，我本是他的最大的仇人，但自有了他失败后经过的事，就把我的感情和缓了。现在，一切许约的保证、忠实、誓言，通通都无踪无影了。他的许诺，他的，是有价值得多，他有艺术的和科学的感觉，他厌恶愚昧。不待说，他会敬重德国人，而且保护他们的权利。不过，在他的最后时期，他受了一些叛徒的包围，他的精力不济了……革命的子孙、时代的精神，全需要这个铁一般的人。他消灭了封建制度，他才是权利和法律的保卫者……

贝多芬对于这爱洛阿卡（Eroica）的英雄回复了一部分他以前的好感，不过没有到他的朋友们对新拿破仑的信仰的程度。他们要他作一首拿破仑的赞美诗。贝多芬无疑地是拒绝了，因为在他的朋友们的答辞中表示着歉意。

这对于拿破仑真是缺陷，他是一个好男儿，他想从英国人的手里抓过大陆，目的在毁灭他们。

另一个说：“他是一个文艺和科学的保护者。”

然而他们全体所有的希望都是倾向于共和的，这些朋友们已经预料在全欧洲会出现这种制度。

在五十年内，共和制度显然会成立的。

代议制度在他们觉得还保有它的纯洁的德行①：

有这些议员，就没有什么不认真的，他们是民众的精神上的力量。

假如革命到来，并不会使得他们恐怖。他们只担心着新革命家的盲目的凶残和无智的粗暴的自私主义。1820年，哥泽布（Kotzebue）的暗杀事件，被害者并不值得怎么样注意，在他们却觉得是一种愚妄的犯罪，新时代的缺乏政治精神，黯然地揭露。他们以为，更严重的是精神文化的普遍的衰落。

我觉得我们欧洲人，我们是在向后退，至于美国，却是在向文化方面上进……

日耳曼各国的前途，在他们看来，尤其是黑暗的。因为假若这些聪明的奥国和德国人民全体都要求着日耳曼各邦的联合和统一，他们就不会看见它有屈服在专为主张民族分裂的“神圣同盟”之下的可能。仅仅一个未必的成功，可是需要怎样的代价呢！

倘若我们有一天被俄国并吞了，那是可以做到的……

在这一点上，他们的意见就不一致了，倘若一个要称赞亚历山

---

① 在贝多芬，这制度的模范就是英国的议会。据新得列尔说，贝氏极爱读《议会的记事录》，很想到伦敦去看看下议院会议情形。“你们，英国人，”他曾对西蒲里亚·尼坡特说，“你们的两肩上是载着头脑的。”

大帝和他的宽仁的精神，另外的人为了自己宽解在奥国所受的精神上的压制就要说：“这总算是比在俄国好点儿!”

还有不少的别的政治问题，曾在这些谈话中讨论过。没有一件在欧洲各国经过的重要事实——西班牙战争，在法国，对被厌弃了的布尔朋王族的反抗——不在贝多芬的家里找到它的回响。我们试拿这种对于政治的兴趣和哥德对于1830年的革命的冷淡比一比。这并不是像现今看看报就可以不冒危险地得到满足的闲散心，政治的好奇心和自由的批评，在这个时代和在这个地方是要具有一种勇气的。我们可以把贝多芬想象作在意大利的多斯加（Tosca），除了酷刑，塞得尼资基伯爵（Comte Sedlnitzky 警厅厅长）的维也纳和斯加尔比亚男爵（Baron Scarpia）的那波利（Naples）相差无几。并且假仁假义的法朗梭阿帝一世（Francoies ler 奥帝，法后马利·盎多阿赖特之父），除了在他宫里读他的警察的报告和在已经决定的制裁上加重分量，就没有比这更甜蜜的快乐，共和党很容易在斯皮尔白尔格（Spielbarg）监狱中找着栖身的地方。所以贝多芬从1809年起，就被法庭当作共和党（提列孟男爵 Baron de Tremont）看待了。他曾经有好几次成为警厅密告的对象，特别是在“维也纳会议”时和1819年到1820年的中间，他说得很激烈：“说到终结，基督不过是一个钉在十字架上的犹太人罢了。”当着一个任何来客面前，他就宣泄出他心里所想的一切。英国人西蒲里亚·尼坡特在1817年见着他，说他用各种辱骂的名字加给奥国政府。

在1820年的谈话簿中，克塞尔尼叙说一个贝多芬的同事格里来克（Gelinek）教士，公开地造贝多芬的谣言：“他说贝多芬辱骂皇帝、大公爵、大臣，他将是第二个桑得（杀哥泽布的凶手），他终于免不了要受绞刑的。”他居然没有被关进监狱，也是可惊奇的事。因为我们知道1820年，那可怕的塞得尼资基伯爵曾把他的案情郑重地和皇帝说起过。

倘使他得免刑罚，不用说全亏了他的声誉——像一世纪以后的托尔斯泰一样：他的被拘，会惹起极大的轰动。不过他更要仗着他的学生，已故的列阿波得帝的儿子，玛利-盎多阿赖特的侄儿洛多列夫大公爵（Archiduc Rodolphe）的庇护。这位大公爵是一个不著名的音乐家，但却是个热心爱好音乐的人。他能鉴定他的不大随和的先生的音乐的伟大，他对待他很虔敬，他对于只要不属于他的贝氏作品的赠词，他都怀着妒意。实际上，贝多芬题赠予人的作品没有任何人比他更多，并且赋予的是最伟大的。从 *La Sonate des Adieux* 和壮丽的 *trio op. 97*，直到 *La Messe en Ré* 都像沃尔穆次的大主教写来贺大公爵的即位礼的一样。从这里，我们知道这样一个保障自然能够在它的庇护下遮过了这个不谨慎的音乐家。

此外，就要算他的癖性——为要不说是疯狂——的名声了，这就是把他的言语看成狂妄的废话的暗号的成立。一直到他最后的日子，贝多芬也没有停止他的谈话。就在他死的那年，1827年，穆勒尔医生说：“他对政府、对警厅、对贵族，总是同样地随便说话，哪怕就当着公众的面前。警察也知道，但却宽容他，把他的讽刺当成是些无害的呓语。”

就这样，这种“难驯的天性”一点儿也没有得到些是处，如哥德对他所为的叹赏超过同情的批评：因为哥德是维护秩序的，而贝多芬却是维护自由的。自由是他最先的爱，也是他的最后的爱……

“爱自由超过一切!”

罗淑亲友追忆文章

关于罗淑

黎烈文

在乡下病居了几月，初来广州，看到一班离别多时的朋友，整天在敌机威胁下镇静地工作，觉得中国前途非常有望，心里真怀着无限的欣喜、无限的兴奋。

但当一位朋友无意中把罗淑的死讯告诉我时，我那颗愉快热烈的心上，便顿时搁了一个冰袋。我不愿说我那时受着怎样的打击，但我却感觉沉重压迫，并且几乎窒息着了。

罗淑会这么快地死去！而且是和我的妻严冰之一样，因为产后发热被“西医”所误！我们所信仰的“西医”会给我们杀去这么多聪明有用的女人！——据我所知这就两个了；还有多少同样死去的女人不为我所知道呢！罗淑近年努力著译，她的聪明才智还不过一点儿表现；而我的女人在国外辛苦多年，刚刚毕业回国，就给“西医”送进坟墓，一点儿成绩也没有。所以我在悼惜罗淑之死时，另外还有一层悠远深沉的哀痛。

我认识罗淑，不过是四年前的事情，那时她和马宗融兄带着一个小女孩儿刚由法国回来不久，我和一位留法同学沈炼之兄一道去看他们，罗淑第一次给我的印象并不怎样深刻，我那时毫不知道她有文学的天才，我不过把她当作一位普通朋友的太太看待，觉得她举止大方、谈吐不凡罢了。而这在一个曾经留学海外的女性是并不算得什么的。

后来因为许多朋友的关系，我们便往来得勤了。宗融和罗淑都很亲切坦率，并且非常好客，差不多每次去了就留吃便饭，有时从午后一直闲谈到深夜。我们的友谊故一天天增进，同时罗淑的文学才能也渐渐地给我们发现出来。那时我们正在办《译文月刊》，取稿的标准比较高，但罗淑在治理家事的余暇，给我们译的几篇法文稿子，却颇受到朋辈的推重。

可是，罗淑能够在文坛一鸣惊人，突然引起大家的注意，还是由于她的创作《生人妻》和别的几个短篇。

她在从事创作之先，自己似乎没有多大的自信。有一次她和我说，她小时的生活和四川的一些特别情况，很可以写成一部长篇小说，当时我便极力劝她尝试；不过，我的意思长篇比较难作，起初不妨从那些材料里抽取一个片段，写成短篇或中篇，以后如有必要，再将几个短篇或中篇联贯成一部长著。这意见很得到她的赞成。

那时我们有好几个刊物需要文稿，宗融很忙，我们对他没有办法；罗淑比较闲空，而且她的《生人妻》和其他几个短篇，在读者群中引起了极好的印象，我们便竭力地怂恿她写作，可是她对写作的态度是那样矜持，是那样郑重，自己稍不如意的作品便毁了重写，却轻易也不愿意拿出发表。她没有多多满足一班朋友的要求，但她却保存了自己全部作品的品质的优美。她宁肯写得少而精，却不愿多而滥，她在写作上也没有脱去一个聪明女子应有的爱娇的本色。前年秋季，她带着两三个没有写成的中篇原稿，和宗融飘然到广西去了。

是去年暑假，战事发生前一个多月，宗融夫妇带着小孩儿突然转回了上海。在山水甲天下的桂林住了一年的罗淑，虽然经过长途劳顿，我觉得她的面色比从前还好了一点儿。她一见面就郑重而又热切地告诉我：她已经代我找到了一个续弦的对象。她说为使小孩儿得到良好的教养，我是必须续娶的。我虽笑着辞谢，她却说得愈加严肃，而宗融也在一旁附和着，弄到我几乎无言可答，后来虽因我意兴消沉没有成为事实，但良友的关切，我是时时感念的。

宗融回广西后，罗淑因为有孕，留在上海就医，她在法租界姚主教路租了一所有着一个小小庭院的幽静的房子，她预备在那里努力工作，尤其是对创作方面，她有许多计划。一班朋友也都因为她得着那样好的环境，替她欣幸，相信她在文坛不久定有比《生人妻》还要可喜的贡献。哪里知道寇氛日亟，上海近郊转瞬成了战场。罗淑在她那幽静新居还没有住到一月，就又追踪她的丈夫到广西去了；后来因为宗融突然在广西失业，他们一家人便转回了故乡成都，而罗淑竟以生产之故，在那儿结束了她的最有希望的前途。

看到《文艺阵地》上的消息说，因为罗淑之死，宗融最近也瘦多了。我心里虽怃然有感，却想不出什么话来安慰宗融。我是过来人，知道宗融的损失是无可弥补的。这样深切的悲痛绝不是朋友的空言所能安慰。我也想拿罗淑从前劝我的话来劝宗融：“为使小孩儿得到良好的教养，必须续娶。”但我总觉不忍出口，并且我想宗融那样至情之人，暂时也未必能够接受吧。我现在想劝宗融的，是对于生死的事情请稍为达观一点儿。现在国家遇着这样大的危难，军人的壮烈牺牲不用说，就是老百姓，每天也不知要死去几百几千，我们的一条生命又算得什么！罗淑生前不是一个非常爱护祖国和正义的女子吗？现在她先我们走了，她的一份责任便分散在我们后死者的身上。并且她的死，仔细推究起来，也可以说是倭寇之赐。因为如果没有战事，她去年暑后一定留在上海，上海的“西医”虽不一定可靠，但产后的病痛实无必死之理。这样说来，我们是更有着替她复仇的义务了。因此我希望宗融忧伤之余，不单要保重身体善抚遗孤，我还希望他能振作精神，给正在抗战中的祖国做点儿事情。这样睡在地下的罗淑才会瞑目。

5月2日于福州

忆 罗 淑

靳 以

对于个人的死亡而表示过分的哀伤，在如今的时日，似乎是不必要的。但是当着我想到她，更是我写出了她的名字——一张苍白而慈祥的脸顿然就在我的记忆中辉耀起来：对于宗融，她是一个贤良的妻子；对于小弥，她是一个好母亲；对于我们，她是一个姊妹样的友人；而对于许多读者，她是一个被崇敬的新作家。

和她相识是在我两年前到上海的时候，在那一段时日中，我见到了许多新的友人，可是能使我很快就厮熟了的几个友人之中，他们是其中的两个。我是不大能和生的友人熟起来的，尤其是女人，见了的时候脸就先红起来，有话也说不出；可是遇到宗融，他仿佛就是我的老大哥，罗淑呢，俨然就如自己的姊妹。这并不是由于谁来强自分派，完全是自自然然地就觉到这微妙的关系。

她是极关心我们的，我们时常赶到她的家里去吃饭，那时候也许他们已经吃过了，饭菜还没有拿下去，她安排我们坐下之后，不知什么时候就不见她了；可是过些时她随着女仆和新添的菜肴又走进来，一面说并不是要加什么菜，实在是因为我们欢喜吃这两样菜。饭后我们的闲谈就开始了，什么话都说起来，一直到深夜才告辞，于是走出他们的前门，和××一路谈着走回自己的住所。

读着她的《生人妻》的原稿的时候，我们已经相识了几个月，好像那还是由××带给我要我看一看，在她那朴质、优美的笔词之外，还有两处刻心的真情的描叙打动了我（后来别人的批评也都说到那两点），好像那天晚上我们就又见到了，我坦白地告诉她我的意见，她有一点儿羞赧似的谦逊着，在我说话的时候，我的头低着，当时我很激动，面对着一个友人来说自己真心想说的话的时节我常是如此；可是当我抬起眼睛来，立刻就看到她那极兴奋的眼光里含了些莫名的感激之光——那不是因为受了别人空妄的阿谀，那是因为一个苦心的创作者作品中的心血不曾被人忽略时所应有的衷心的喜悦。

《生人妻》得到许多读者热烈的赞扬，可是她并没有就大量地写下去。她时常和我们说起她又在写一篇，许久许久也不见写出来，问到的时候她就和我们说在写着呢。烦琐的家事搅着她自然是一个原因，而她对于写作的严谨不苟的态度，将是更大的原因。

有一大节时日她随宗融住到广西，到暑假他们又回到上海，她说她想安静地在上海住半年。宗融为了教书的事，又到广西去，她和小弥住到树德坊的一所小屋里。

不久，上海的抗战就起来了，我还记得我和两个朋友因为一切交通工具都断绝了，走了极长的一条路去看她。宗融既不在上海，我们自然应该来照料她。可是她却很镇定，说起了宗融，她就说他一定慌了。果然没有几天，宗融就打来电报，要她决定离开上海。那时候她显出一点儿焦躁，那并不是为她自己，却为了宗融。她让我们为她决定去留，我们也不能说什么，谁知道一切会变成什么样子？但是她终于决定走了，在她行前的几天，我们天天去到她的家中，很像有许多话要说又说不出什么。我像预感到有什么不祥将降临在我们的头上，我并没有想到她会死去，我只想到将来相见也许较难了。为了掩饰自己的不安，我常拉了小弥到庭院中做稚幼的游戏。小弥是活泼的孩子，她欢喜和我玩，我自己也正好躲开了一向不善处的窘境。

到她走的时候我们一齐送她上车站，人很多，我们只能在栅栏那里和她握别。我们像失去了什么似的走回去，每个人怀了一个空虚的心胸，炮声和机关枪声正断续地响着，头顶上的空中正有几架日本的飞机在盘桓，像一群觅食的饿鹰。那时候我忽然记起她在大世界前落炸弹之后和我们说的话："总算好，我们的熟人还没有遭到牺牲，这总是一件不幸中的幸事。我想我们不会死的，也不该死的……"我恐惧地想到也许她乘坐的列车会遭到残酷的魔手，或是我们被落下的一颗炸弹完结了生命。很可庆幸的是我的一切想头都属空幻。我们知道她经过千辛万苦的跋涉，终于和宗融回到了故乡。我们正推开了沉重的苦闷的心情，欣慰着他们的安宁，却又来了那不幸的消息，我突然地震惊了，和××默然地对坐，过了许久时候也不知道说什么才好。她那温和的语调还宛然在耳，苍白的脸型恍惚也在目前；可是我们已经是两个世界里的人了，遽然间我怎么能相信呢？我想这中间一定有错误的，是我的耳朵和我的眼睛，还是那盲目的命运错误了呢？

我重复地说，为了个人的死亡不该过于哀伤，在这次抗战中，多少人直接地间接地了结了他们的生命。如果没有强暴的敌人，我们一定都安宁地活着。如今他们躺在路边了，他们一具具的尸骸正是我们的计程石，要我们清晰地记得和我们敌人的仇恨有多么长多么远，前面还有更艰苦的路要我们这些生存者来走，抹去了一切想象，勇敢地踏上去，不要回顾，一切都刻在心上，是的，我一切都刻在心上了，在一些不相识不知名的死难的同胞之外，我清晰地在我的心上刻了“罗淑”这两个字。我极力忍住我的悲恸，如今那一笔一画都流着血，淌着泪，因为我认识她，我敬爱她，她是一个像姊妹一样的友人……

关于母亲的点滴回忆

马小弥

我的母亲罗淑，1903 年生，四川简阳人，原名罗世弥。

当年，我的外祖父在简阳石桥井开了个熬盐的“聚兴灶”，有六七口盐井，雇十六七个工人。盐井深二三十丈，井口很小，只能容碗口大小的竹筒伸入井里汲取盐水。取盐水、熬盐巴是十分繁重的体力劳动。盐工们成年累月拼死拼活地干，到头来还是食不果腹、衣不蔽体，过着非人的生活。“聚兴灶”附近农民的生活，也跟盐工们同样悲惨。年幼的母亲目睹劳动人民的生活惨状，感受着他们忠厚、淳朴、善良的品质，小小的心灵里，很早便播下了对受苦人深深同情的种子。

母亲幼年，在乡间读私塾。外祖父见她天资聪颖，文笔清通，便把她送到成都一女师去读书。她是第十班的学生。女师在当时已经是很开明的学校了，教授物理、化学、数学，乃至外语。但是在语文课上，依旧只讲《左传》《论语》等老古董。“五四”运动后，随着新思潮的高涨，《新青年》《小说月报》等进步白话刊物传到了成都。母亲如饥似渴地阅读、思考，在新思潮的熏陶下，成了一个反对军阀统治、反对封建主义旧文化的新女性。

我的舅舅罗世安和我父亲马宗融是中学同学。由于舅父的关系，父亲结识了我的母亲，当时她年纪尚幼。第一次世界大战后，父亲和舅舅一同赴法勤工俭学。父亲热烈地追求母亲，书信往还了八年之久，才于1928年回到四川，将母亲接到法国里昂结婚。在法国，母亲一直学习法国文学。她十分爱读法国的罗曼·罗兰、俄国的车尔尼雪夫斯基等人的作品。

母亲热爱自己的祖国。初到法国，舅舅带她去巴黎游览，逛完之后，她对我舅舅说："一样的朱门酒肉臭，路有冻死骨，不见得比我们简阳好。""学成之后，我马上就回国去。"1931年九一八事变后，日寇占领了东三省。母亲怀念苦难深重的祖国，一心要回国。在1933年，她终于不顾亲友的劝阻，毅然登上归途。在回国的轮船上，一个比我大得多的德国男孩子抢走了我的洋娃娃，我哭着去找母亲。母亲大怒，对我说："为什么让个德国孩子抢走你的东西？你要是不去夺回来，就不是我的女儿！"说完，"砰"的一声把我关在房舱门外。我当时只有三岁，在母亲的激励下，鼓起勇气，夺回了洋娃娃，反败为胜。抗战期间，父亲多次用这件事教育我说，作为一个中国人，必须有志气，不能向外侮低头。

母亲回国后，曾在上海南翔立达学院高中部教书。她和学生关系融洽，亲如一家。和学生一起，在自办的食堂里轮流烧饭做菜。一年后学校搬迁，我们住进上海市区，母亲就没有再出去教书。

1936年，父亲带着全家到桂林广西大学教书。1937年夏天，不知为什么，母亲又只身带着我回到上海。“八一三”后，母亲身怀我的弟弟，拉扯着我，颠沛流离，备受艰辛，到成都去和父亲会合。她原有心脏病，经离乱折磨，力竭心衰，竟未能如愿地投身抗战，分娩后十八天就离开了我们，这时她才三十五岁。母亲去世后，父亲痛不欲生。国难家仇，激起了他对日本侵略者的无比痛恨，他积极参加了重庆的抗日文化活动。日寇投降后，1946 年我们回到上海，父亲又投身于党领导下的“大学教授联谊会”活动，反饥饿、反内战、反迫害，遭复旦大学解聘，解放前夕在兵荒马乱中死于贫病。

在母亲的许多朋友看来，她是个贤妻良母型的人，真诚大方，犹如一个亲切的姊妹，朋友们常常会自然而然地向她打开心灵的窗户。他们最初没有注意到，她同时还是一个非常勤奋的人。在回国后短短的时间里，翻译出版了车尔尼雪夫斯基《怎么办》的节译本（当时的书名《何为》），并不声不响地练习搞创作。她以朴素生动的文笔，描写了家乡一些贫苦农民和盐工们的悲惨生活，反映了他们对吃人的旧社会的愤懑和反抗。正如李健吾伯伯所说的，母亲留下的作品虽少，可是她那些关于盐厂的片段小说，当时“似乎还没有第二个作家注意到这个偏僻角落……”

感谢巴金伯伯，是他发现了母亲的创作才能，以极大的热情，鼓励她写作，帮助她改稿，使她的创作有了发表的机会。《生人妻》发表后，在文艺界引起注意。当许多朋友知道罗淑就是他们所熟识的罗世弥时，都大吃一惊。无论在上海，或是在桂林乡下，妈妈得空就写，写，写……她去世后，我翻看过她的文稿，见有不少是没有写完的稿件。有一篇写完了的，描写一对贫病交加的知识分子夫妻。大概她总在那里探索、练习，总觉得还不够好，不肯轻易拿出来。

母亲去世已经四十二年了。多年来，她的许多朋友一直没有忘记她，常常叹息着怀念她。解放后，英文版的《中国文学》，刊登了她的作品。“文化大革命”中，有些无知的人竟诬之为“流毒全世界”！

母亲去世得太早了！我当时年纪太小，不谙世事，对于这样一位母亲，知道得实在太少，每每想起这些，更增加我对母亲的痛悼和怀念。上面说的这些“点滴”，将永远作为无价的珍宝，深埋我的心底。

1980年3月3日

图书在版编目(CIP)数据

生人妻 / 罗淑著. — 北京 :中国文史出版社,
2022.12

(民国女作家小说典藏文库)

ISBN 978 - 7 - 5205 - 3575 - 5

Ⅰ. ①生… Ⅱ. ①罗… Ⅲ. ①短篇小说 - 小说集 - 中国 - 现代 Ⅳ. ①I246.7

中国版本图书馆 CIP 数据核字(2022)第 121964 号

点　　校: 旷　野
责任编辑: 薛媛媛

出版发行: **中国文史出版社**
社　　址: 北京市海淀区西八里庄路 69 号院　邮编: 100142
电　　话: 010 - 81136606　81136602　81136603 (发行部)
传　　真: 010 - 81136655
印　　装: 北京温林源印刷有限公司
经　　销: 全国新华书店
开　　本: 720 × 1020　1/16
印　　张: 16.75　　　字数: 176 千字
版　　次: 2022 年 12 月第 1 版
印　　次: 2022 年 12 月第 1 次印刷
定　　价: 59.80 元